ENTJUNGFERT

CLUB V, BUCH 2

JESSA JAMES

Entjungfert: Copyright © 2019 von Jessa James

Alle Rechte vorbehalten. Kein Teil dieses Buches darf in irgendeiner Form oder mit irgendwelchen Mitteln, elektronisch, digital oder mechanisch, reproduziert oder übertragen werden, einschließlich, aber nicht beschränkt auf Fotokopieren, Aufzeichnen, Scannen oder durch irgendeine Art von Datenspeicherungs- und Datenabfragesystem ohne ausdrückliche, schriftliche Genehmigung des Autors.

Veröffentlich von Jessa James
James, Jessa

Entjungfert

Cover design copyright 2020 by Jessa James, Author
Images/Photo Credit: depositPhotos: HayDmitriy

Hinweis des Herausgebers:
Dieses Buch wurde für ein erwachsenes Publikum geschrieben. Das Buch kann explizite sexuelle Inhalte enthalten. Sexuelle Aktivitäten, die in diesem Buch enthalten sind, sind reine Fantasien, die für Erwachsene gedacht sind, und jegliche Aktivitäten oder Risiken, die von fiktiven Personen innerhalb der Geschichte übernommen werden, werden vom Autor oder Herausgeber weder befürwortet noch gefördert.

ÜBER ENTJUNGFERT

Taylor will ihre Jungfräulichkeit endlich verlieren, hat aber noch nicht den passenden Mann dazu gefunden. Als sie ihre Mitbewohnerin vom Club V abholt, stolpert sie dabei über den Besitzer, der gerade Unterricht in Gehorsam erteilt. Tay glaubt nicht, dass sie sich so unterwerfen könnte, wie die Frau mit dem Hundehalsband. Heimlich schleicht sie sich davon, ohne zu ahnen, dass sie auf der Überwachungskamera zu sehen ist. Die umwerfende Voyeurin hat auf diese Weise Jakes ungeteilte Aufmerksamkeit gewonnen.

Über diesen Roman:

Taylor Dawson macht sich tagsüber die Hände schmutzig, bei der Arbeit in der Werkstatt ihres Vaters. Doch lieber würde sie etwas Schmutziges mit einem heißen Typen tun. Mit neunzehn kann sie es kaum erwarten, endlich ihre Jungfräulichkeit loszuwerden, aber sie hat den richtigen Mann dafür noch nicht gefunden. Als sie eines Abends ihre Mitbewohnerin abholt, die als Kellnerin im Club V arbeitet, stolpert sie über den Besitzer, Jake Mesa, der einer anderen Frau eine Lektion in Unterwerfung erteilt. Tay glaubt nicht, dass sie je so gehorsam sein könnte wie die Frau mit dem Hundehalsband, die Jake ausgeliefert ist, und schleicht sich unbemerkt aus dem Zimmer.

Jedoch wurde ihr nächtlicher Besuch von einer Überwachungskamera festgehalten. Die umwerfende Voyeurin hat nun Jakes ungeteilte Aufmerksamkeit. Als Taylors Vater eingesteht, einen dramatischen Fehler gemacht zu haben, der ihn nicht nur sein Geschäft, sondern auch sein Leben kosten könnte, weiß Taylor nicht, an wen sie sich wenden soll. Da macht Jake ihr ein Angebot …

Wird sie dem widerstehen können oder sich ihm ganz und gar hingeben?

Wenn umwerfende Helden, Instalove und heiße Nächte dein Ding sind, dann lies weiter …

1

Ich nahm mir einen Lappen vom Haken und rubbelte mir damit die Schmiere von den Händen. Mit dem Arm wischte ich mir den Schweiß von der Stirn, damit er mir nicht in den Augen brannte. Die Türen der Werkstatt standen weit offen und eine sanfte Brise wehte herein, aber in der sommerlichen Hitze half das kaum, um Abkühlung zu bringen.

Ich blickte zur Uhr an der Wand, direkt über dem alten Kalender mit dem Blatt von Miss März, den einer von Dads Angestellten vor Jahren mal aufgehängt hatte, und der seitdem nie wieder umgeblättert worden war. Offenbar waren alle so zufrieden mit Miss März, dass sie seit nunmehr zehn Jahren in der Werkstatt der Dawsons die Wand zierte. Es war zehn vor fünf und noch immer warteten drei Autos darauf, repariert zu werden. Ich würde noch Stunden hier zubringen. Mein Vater brauchte mich und ich ging ungern früher weg, erst recht, wenn von den anderen Angestellten nur so wenige da waren. Das Geschäft lief an sich gut, aber es schwankte mit der Konjunktur. Die Leute brachten ihre Wagen zwar immer noch zur Inspektion, aber eben nicht so häufig wie sonst. Oder sie warteten, bis es Zicken machte, anstatt vorzubeugen. Für uns bedeutete das mehr Arbeit, aber nicht die Art, die wir gern sahen. Mein Vater war sehr dafür, Autos frühzeitig fitzumachen, so hatte ich es von ihm gelernt.

„Wenn du willst, dass sie schnurren wie ein Kätzchen, dann musst du sie gelegentlich zwischen den Ohren kraulen", sagte er oft zu mir. Über die Jahre hatte er es öfter zu den Kunden gesagt, als ich noch zählen konnte. Meine Mutter war bei meiner Geburt gestorben und ich hatte immer nur mit meinem Dad zusammengelebt. Wir hatten eine Verbindung, die ungewöhnlich war, im Vergleich zu meinen Bekannten, vor allem weil ich praktisch meine gesamte Zeit mit Dad verbrachte, aber auch, weil er mich in der Werkstatt als gleichberechtigt behandelte.

Er hatte mir schon sehr früh alles beigebracht, was man nur über Autos wissen konnte. Als ich zehn Jahre alt war, konnte ich jede Störung am Geräusch erkennen. Je älter ich wurde, desto mehr Zeit verbrachte ich nach der Schule zwischen Ölwanne und Auspuff. Es war gutes Taschengeld, das ich mit meinen Freunden ausgeben konnte, und sparen konnte ich auch einiges davon. Nach dem Schulabschluss wurde ich Vollzeitkraft. Seine Beste.

Ich sah hinüber zu Rodrigo, der unter einem Mustang lag, der dringend eine neue Lackierung brauchte. Der Anblick seiner festen Oberschenkel, die unter dem Wagen hervorlugten, erinnerte mich daran, dass wir ein paar Mal miteinander rumgemacht hatten, meistens im Pausenraum, einmal auch in meinem Zimmer. Das war mein achtzehnter Geburtstag gewesen. Rodrigo war ein heißer Typ, aber da wir Kollegen waren, konnte nichts zwischen uns laufen, auch wenn wir und sexuell attraktiv fanden. Wenn mein Vater das je herausfand, was zwischen uns gelaufen war, …nun, ich wollte lieber nicht darüber nachdenken, was für Konsequenzen das für Rodrigo hätte.

Es war eine Sache, Einzelkind zu sein. Aber es war noch einmal eine ganz andere Nummer, die einzige Tochter eines alleinerziehenden Vaters zu sein, der vom ersten Tag an allein verantwortlich war. Nichts war je einfach. Er vertraute mir und meinem Urteilsvermögen zwar prinzipiell, aber er traute der Welt außerhalb der Werkstatt nicht über den Weg. Erst recht nicht den Jungs, die kommen und mir das Herz brechen würden. Ich war mit dem einen oder anderen Typen ausgegangen, aber die meisten Jungs von der Schule hatten panische Angst vor meinem Vater. Für sie lohnte das Risiko den Aufwand nicht, sich um ein Date mit mir zu bemühen. Ich hatte den Abschlussball ohne Drama hinter mich gebracht, aber seit dem Ende der Highschool vor einem Jahr, lief nichts mehr. Ich hätte Sex haben können, mit wem und wann ich wollte, ich musste es nur sagen, aber dennoch beschäftigte mich die Angelegenheit.

Hier kamen verschiedene Sorten von Typen rein: die mit ihren aufgemotzten Sportwagen, die, die am Wochenende Rennen fuhren, und die, die von entfernten Verwandten etwas geerbt hatten. Letztere hatten selten eine Ahnung, was mit ihrem Wagen los war und sie waren am meisten von meinem Schraubertalent beeindruckt. Von denen hätte ich einige nach hinten locken können, um mich mit ihnen zu vergnügen. Aber ich war nun schon so lange Jungfrau, da wollte ich mich nicht an einen dieser schnöseligen Typen verschwenden, die ihre Dinger kaum in der Hose behalten konnten, sobald sie mich im Overall und Tank-Top sahen.

Es entging mir nicht, wie sie auf meine Titten, Körbchengröße 36C starrten, die mir fast aus dem BH und dem Tank-Top hüpften. Ich trug gern die tief ausgeschnittenen Tops, damit ein bisschen Spitze vom BH zu sehen war. Und immer waren beide Farben unterschiedlich, um noch mehr Aufmerksamkeit zu bekommen. Nicht, dass ich das nötig gehabt hätte. Es war offensichtlich, dass die Typen sabberten und alles tun würden, um mir an die Wäsche zu gehen oder zumindest einen genaueren Blick darauf zu werfen, wie ich unter der Kleidung aussah. Wenn sie glaubten, ich sähe es nicht, dann schoben sie sich die Klöten zurecht. Einer war mal so kühn gewesen, sich die Lippen zu lecken, dicht an mich heranzutreten und mir in den Nacken zu atmen. Er ließ keinen Zweifel daran, was er am liebsten sofort mit mir in seinem geerbten 1961er Chrysler 300 G Coupe machen würde. Ich war nicht ganz abgeneigt, aber nur, weil ich an dem Nachmittag so lüstern war. Allerdings war ich auch ölverschmiert und ließ die Gelegenheit verstreichen. Später jedoch griff ich zum Vibrator und brachte mich selbst zum Höhepunkt, bei dem ich laut stöhnte und mich auf dem Bett hin und her wälzte.

„Fuck", schimpfte ich leise vor mich hin. Meine Pussy reagierte auf die Erinnerung. Ich blickte erneut zur Uhr hinauf. Ich musste mich bald auf den Weg machen, denn ich musste noch duschen, mich umziehen und zu Samantha fahren, um sie von der Arbeit abzuholen. Zum Club V war es von unserer Wohnung aus ein ziemlicher Weg und ich wollte ihr die Rückfahrt mit den öffentlichen Verkehrsmitteln mitten in der Nacht ersparen. Wenn ich ein paar Minuten früher ginge, könnte ich noch etwas gegen meinen Frust tun.

Mein Blick fiel auf Miss März und ihre Hände, die auf ihren Brüsten lagen, sie anhoben, sodass sich ihre Nippel der Kamera entgegenreckten. Sie war ziemlich heiß. Wenn ich nicht schnell aus der Werkstatt kam, würde ich es mir hinter den Reifen mit den Fingern besorgen und mir dabei vorstellen, dass Miss März mir ihre Titten ins Gesicht drückt. Ich stehe an sich nicht auf Frauen, aber ich bin auch nur ein Mensch.

„Hey, Dad?" Ich werfe einen Blick in sein Büro. Ich habe es eilig aus der Werkstatt rauszukommen und nach Hause zu fahren.

„Hm?" Mehr war selten von ihm als Antwort zu hören.

„Ich mache mich auf den Weg. Habe Sam versprochen, sie abzuholen."

Er nickte, ohne von seinen Lieferscheinen aufzublicken. „Alles klar, Tay. Bis morgen."

Ich eile raus zu meinem Wagen und springe rein, nicht ohne vorher darauf zu achten, dass ich hinten nicht ölverschmiert bin. Daheim erwarteten mich eine Dusche und mein wasserdichter Vibrator.

. . .

ENTJUNGFERT

DER WASSERREGLER QUIETSCHTE, als ich ihn aufdrehte. Die Wasserleitungen hinter der Wand klapperten. Das Gebäude war ziemlich alt. Es würde noch gute fünf Minuten dauern, bis das Wasser warm genug war. Ich zog mich schnell aus, schüttelte mein Haar aus und bürstete es.

Mein langes, dunkles Haar fiel in sanften Wellen bis zu meinen Brüsten. Meine Nippel regten sich bei der leichten Berührung.

Der große Spiegel zeigte meinen straffen Körper. Ich war in allem durchschnittlich, was Größe, Umfang und Rundungen anging. Ich grinste mein Spiegelbild an. Wahrscheinlich hatte ich das von meiner Mutter geerbt, dachte ich, während ich mich drehte, um einen Blick auf meinen runden Hintern zu werfen. Der war ein echter Hingucker. Fest, aber zart und rund. Meine Hüften waren weit, meine Taille schmal. Mir war klar, dass viele Männer über so einen Körper fantasierten. Und auch Frauen. In all den Jahren habe ich bei beiden Geschlechtern das Interesse gesehen, wenn sie in die Werkstatt kamen. Und da ich nun volljährig war, ließen sie an keinen Zweifel an ihren Vorstellungen, wenn wir allein waren.

Ich seufzte. Ich hätte jeden haben können, aber so richtig war dennoch nichts für mich dabei. Egal, wie genau ich hinschaute. Keiner sprach mich so recht an. Natürlich fand ich einige Typen scharf und ich wurde feucht, wenn ich mir vorstellte, sie würden mich über die Motorhaube beugen und mich vögeln. Aber tief in mir drin wusste ich, ich wollte etwas anderes. Ich wollte, dass mein erstes Mal etwas Besonderes war, nicht im Sinne von unsterblicher Liebe. Nein, ich wollte einen guten Fick. Etwas, das die Messlatte sehr hoch legen würde.

Ich drehte mich erneut um und betrachtete meine Brüste. Sie waren straff und rund, meine Nippel hatten die Größe eines Vierteldollars, sie waren dunkellila und hart wie Stein. Ich nahm sie zwischen die Finger und presste meine Schenkel zusammen. Ich betrachtete mich im Spiegel, während ich mir in die Nippel kniff. Mir gefiel der Anblick, das machte mich scharf. Ich war so bereit, endlich gefickt zu werden. Aber vorerst musste der Vibrator ausreichen.

Wasserdampf füllte das Bad, das Wasser war nun warm genug und ich stieg unter den Strahl und zog den Vorhang zu. Der Vibrator lag auf dem Rand der Badewanne, ich musste erst sauber sein, dann gönnte ich mir den. Schnell wusch ich mir die Haare und seifte mich ein. Meine Hände fuhren über meinen Venushügel und meine Nippel und ich keuchte auf. Zeit für den Vibrator.

Er war pink und gold, ein wenig gebogen und passte perfekt zu mir. Zwei kleine Silikonfinger umschlossen meine Klitoris. Er passte mir wie ein Handschuh und ich musste mich zusammenreißen. Ich wusste, wo ich ihn ansetzen musste, um binnen einer Minute zum Orgasmus zu kommen, aber ich hatte noch etwas Zeit und wollte diesen seltenen Moment genießen, wenn ich die Wohnung mal für mich allein hatte.

Ich stellte die niedrigste Stufe ein, das leise Brummen hallte von der Duschkabine wider. Ich lehnte mich an die Kacheln, schloss die Augen und kniff mir in eine Brustwarze, während ich mit der anderen Hand den Vibrator an meine Klitoris drückte. Ich rief mir eine meine Lieblings-Pornoszenen ins Gedächtnis, die das Zuschauen zu einer lustvollen Quälerei machte. Ein umwerfender Typ mit einem harten Schwengel lag auf dem Rücken und wurde von seiner Freundin sinnlich massiert. Sie spielte für mehrere Minuten mit seinem Penis, dann leckte sie daran. Er hob beinahe vom Bett ab, als sie das tat, hielt sich aber zurück und wurde letztendlich belohnt. Währenddessen wurde sie von ihm gierig geleckt, er keuchte und wollte, dass sie ihn in den Mund nimmt.

Ich hätte mich nicht zurückhalten können. Sein Schwanz war lang und dick und sah aus wie eine kunstvolle Skulptur. Ich stellte mir vor, ihn tief in meinem Mund zu haben, während seine Zunge über meine Muschi leckte. Mein Rücken bog sich durch, ich presste den Vibrator fester an mich und stellte ihn eine Stufe höher. Nicht zu hoch. Das ginge zu schnell.

Ich stellte mir seine Zunge vor, die in mich eindrang, mich schmeckte, und meine Nässe aufleckte. Er würde mich mit den Fingern necken und zwei in mich reinstecken, während er an meiner Klitoris saugte, bis ich aufstöhnte. Ich kniff mir in die andere Brustwarze und zog daran, zog sie von meinem Körper weg und ließ los. Ich knetete sie mit seifigen, warmen Fingern, hob ihr Gewicht an, drückte den harten Nippel in meine Handfläche. „Fick mich", stöhnte ich laut. Ich hatte Nachbarn, die Wände waren ziemlich dünn, aber das war mir im Augenblick total egal.

Ich stellte den Vibrator noch höher, auf einen pulsierenden Rhythmus an meiner Klitoris. Ja, genau so. Ich ritt auf einer Welle, die mich zum Höhepunkt bringen würde. Ich spürte, wie sich die

Wärme zwischen meinen Schenkeln ausbreitete, bis zum Rücken hoch wanderte. Das würde großartig werden …

Sauber und befriedigt, verließ ich die Dusche und wickelte mir grinsend ein frisches Handtuch um. Der Spiegel war zu beschlagen, um etwas darin zu erkennen, aber ich wusste, ich sah sehr zufrieden mit mir aus.

„Wer braucht schon einen Kerl", sagte ich laut zu meinem verschwommenen Spiegelbild, nahm eine Flasche Körperlotion und fing an, meine leicht gebräunte Haut einzucremen.

Aber die Wahrheit war: ich. Ich brauchte keinen Mann, aber der Gedanke, dass jemand da wäre, war schon verlockend. Ich hatte nie einen festen Freund gehabt, dank der Einmischung meines Vaters. Sicher hatte er mir dadurch auch eine Menge Beziehungsstress und Schmerz erspart, indem er die ganzen Loser verscheucht hatte, mit denen ich zur Schule gegangen war.

Aber ich fragte mich, ob das nicht auch verhindert hatte, dass ich wichtige Erfahrungen sammeln konnte, die man machte, wenn man älter wurde und romantische Beziehungen hatte.

Ich trocknete mir das Haar und bürstete es aus, dann kam der Föhn zum Einsatz. Zum Glück war mein Haar nicht widerspenstig. Damit musste ich mich nie lange befassen, was gut war, denn ich musste bei Tagesanbruch schon in der Werkstatt sein. Dafür lohnte es sich auch nicht, einen großen Aufwand zu betreiben. Bis zum Mittag war alles unter einem dicken Schweißfilm.

Aber heute Abend würde ich Samantha abholen und dafür wollte ich mich schick machen. Nicht für Sam, um Himmels willen. Sie wusste, wie ich ungewaschen aussehe, für sie musste ich keine Show abziehen. Wir waren schon eine Ewigkeit befreundet, seit der Grundschule. Nach der Highschool beschlossen wir, gemeinsam eine Wohnung zu mieten. Sie ging aufs College und finanzierte die Gebühren durch ihren neuen Job in dem sehr exklusiven Club V.

Ich zog mir eine hautenge Jeans an und ein enges, weißes T-Shirt, darüber einen kurzärmeligen schwarzen Blazer. Dann fügte ich noch eine Onyx-Halskette hinzu und betrachtete ein letztes Mal mein Spiegelbild, während ich Mascara und Lippenstift auftrug. So etwas machte ich normalerweise nicht, aber ein wenig Abwechslung schadete ja nicht. Der Club V war auf jeden Fall ein Ort, an dem ich umwerfend aussehen wollte. Ich würde mir einen Drink genehmigen, bevor Samantha Schluss machen konnte. Ich wollte an der Bar nicht schludrig aussehen.

Ich eilte die Treppe hinunter und stieg in den Wagen, der an der Straße geparkt war. Die Fahrt dauerte nicht allzu lange, dann war ich schon auf dem Parkplatz des Clubs angekommen. Curt, einer der Parkplatzwächter, erkannte mich, da ich Sam öfter abholte. Er nickte mir zu und erlaubte mir damit, auf dem Parkplatz für Angestellte stehenzubleiben.

Der Platz war fast voll, aber ich fand eine Parklücke und kontrollierte meinen Lippenstift im Rückspiegel. Dann stieg ich aus und ging zum Hintereingang. Sobald ich die schwere Tür öffnete, wurde ich von einem pulsierenden Bass begrüßt, die Musik aus dem großen Saal drang bis hierher. Ich machte mich auf den Weg zur Bar.

2

Ich wusste, was für eine Art Club das war, hier würde mich nichts überraschen, egal, wie unerfahren ich sexuell war. Die Bar war ein wenig abseits von der ganzen Action auf der Tanzfläche, entlang einer ganzen Seite des Hauptsaals. Gegenüber befand sich ein Pool. Als ich hereinkam, konnte ich sehen, dass dies ein sehr belebter Abend war.

Wohin ich auch schaute, überall waren Paare zugange, einige sehr intim, andere etwas weniger. Ein paar Frauen gingen durch die Grüppchen, auf der Suche nach einzelnen Männern. Samantha hatte mir von den Frauen mit den Halsbändern erzählt, was das bedeutete und was sie hier taten. Dass man das auch als Prostitution auffassen konnte, war mir bewusst. Aber ich fand, es klang gar nicht so schlecht als Job. Da ich bei meinem Dad ein sicheres Einkommen hatte, musste ich mir übers Geldverdienen aber nie Gedanken machen. Viel sparen konnte ich zwar nicht, aber ich hatte das Leben, das ich wollte und verlangte nichts weiter.

„Hey, Taylor." Celeste, die Frau hinter der Theke hatte mich durch den privaten Eingang kommen sehen. Ich lächelte ihr zu und setzte mich auf einen der leeren Barhocker.

„Viel los heute?"

Celeste rollte mit den Augen. „Die Hölle. In einem Magazin war eine Werbeanzeige geschaltet. Das sind alles neue Leute, die dann kommen. Samantha ist bei den privaten Zimmern eingesetzt, die neuen Gäste mögen es offenbar privat. Also habe ich zwar viele Drinks zu mixen, aber niemanden zum Quatschen hier an der Bar."

„Ist aber doch gut, wenn viel zu tun ist, oder?"

Sie nickte. „Es wundert mich aber, dass die Neuen überhaupt nicht schüchtern sind. Die waren knapp zur Tür hereingekommen, da waren sie auch schon in bester Stimmung." Sie deutete auf einen Mann auf einer Couch in der Ecke, der sein Gesicht tief im Schritt einer Frau mit Halsband vergraben hatte.

„Jesus", sagte ich und beobachtete die beiden. Der Mann war nicht sonderlich attraktiv, er wusste jedoch genau, was er tat. Und die Frau mit dem Halsband schien sichtlich zu genießen, was auch immer er da mit seiner Zunge anstellte. Oder aber sie war reif für einen Oscar. Sie hatte den Kopf in den Nacken gelegt und ihre Hände in seinem Haar vergraben, sodass sie ihn festhalten konnte, während er ihre Pussy leckte. Hin und wieder schrie sie lustvoll auf. Zwar hatte ich vor nicht einmal einer

Stunde mir selbst einen sehr intensiven Orgasmus bereitet, aber dieser Anblick machte mich ein wenig atemlos und ich wünschte, ich könnte mitspielen.

Celeste schnippte mit den Fingern vor meinem Gesicht herum. Als ich sie anschaute, grinste sie. „Was möchtest du? Das da steht nicht auf der Getränkekarte."

„Tja, das ist sehr bedauerlich." Ich rutschte auf meinem Hocker hin und her und drehte mich zur Bar um.

„Aber wir haben einen neuen Cocktail namens 'Face Fuck', falls du den probieren möchtest." Sie lachte und ich konnte mir ein Grinsen nicht verkneifen.

„Einen 'Face Fuck' für mich, bitte."

Celeste suchte die Zutaten für den etwas komplizierten Drink zusammen, während ich dasaß und so tat, als würde hinter mir nichts vor sich gehen. Das ständige Aufstöhnen machte das allerdings schwierig. Wie konnte man hier arbeiten, ohne sich ständig die Kleider vom Leibe zu reißen und sich an irgendetwas zu reiben?

Taylor, entweder du reißt dich zusammen oder du reißt dir jemanden auf, dachte ich.

Als hätte er meine Gedanken gelesen, kam ein Mann ein paar Hocker entfernt zu mir herüber.

„Falls du einen Face Fuck möchtest, also, …" Er deutete grinsend auf sich selbst.

Ich bemühte mich, nicht mit den Augen zu rollen. Natürlich ging es im Club V genau darum, aber deshalb war ich nicht hier. Selbst wenn ich gewollt hätte, durfte ich gar nicht. Man musste zahlendes Mitglied des Clubs sein, wenn man an den Aktivitäten teilnehmen wollte. Mein Job in der Werkstatt ließ es aber gar nicht zu, dass ich mir so eine exklusive Mitgliedschaft überhaupt leisten konnte.

Ich schüttelte den Kopf, während Celeste mit dem Drink zurückkam. „Nein, danke. Mir reicht der Cocktail." Ich wollte ihn nicht vor den Kopf stoßen, ich war ja lediglich hier, um Sam abzuholen.

Celeste übernahm die Sache. „Dave, du belästigst doch nicht etwa die junge Dame hier?" Sie wusste auch, dass sie behutsam vorgehen musste. Sie hatte als Thekenfrau oft die Aufgabe, angespannte Situationen zu retten, aber sie durfte auch nicht vergessen, dass dieser Mann zahlendes Mitglied war. Celeste gab den Ton vor, der an ihrer Bar herrschte und sie hatte die Lage immer im Griff.

„Würde ich nie tun", sagte er grinsend und hob abwehrend die Hände. „Ich habe lediglich ein Angebot unterbreitet."

„Tut mir leid, aber sie steht nicht zur Verfügung." Sie bemühte sich um ein verführerisches Lächeln, beugte sich über den Tresen und flüsterte ihm ins Ohr. „Aber ich kann dir sagen, wer zur Verfügung steht. Schau, da drüben in der Ecke. Das ist Dana. Sie ist neu, aber sie ist sehr gut. Ich glaube, ihr beide könntet eine Menge Spaß miteinander haben. Warum sagst du nicht hallo?"

Es reichte, um Daves Aufmerksamkeit von mir abzulenken und schon bald sah man ihn mit der Frau flirten. Auch sie trug ein Halsband und führte ihn kichernd zu einer der Nischen in der Nähe der Bar.

„Danke dafür", sagte ich und nippte an meinem Cocktail. Ich konnte unterschiedliche Dinge herausschmecken: Cranberry, Vanille, Pfirsich und noch etwas, das ich nicht benennen konnte.

„Das ist Jasmin, was du da schmeckst", erklärte Celeste lächelnd. „Hausgemachter Wodka mit Jasmin. Habe ich mir selber ausgedacht."

„Ist toll." Und das meinte ich ganz ehrlich. Ich nahm noch einen Schluck und spürte, wie mir der Alkohol in die Beine stieg und mich ein wenig entspannte.

„Übrigens, ich weiß, dass du hier auch allein zurechtkommst, das habe ich ja schon einige Male beobachten können. Ich wollte dir nur Ärger mit dem Typen ersparen. Er ist das erste Mal hier, aber schon lange Clubmitglied. Normalerweise geht er in die Filiale in

Seattle. Investor eines Technologie-Unternehmens. Er hat einen Twitter-Account, auf dem du lieber nicht enden möchtest." Sie verzog das Gesicht.

„Igitt, danke dafür, Celeste."

„Keine Ursache." Sie blickte auf ihre Uhr. „Ich weiß nicht, wie lange Samantha noch brauchen wird. Da war eine Gruppe von acht Leuten und sie musste in den privaten Räumen Drinks mixen. Sie wird bleiben müssen, bis die weg sind. Na ja, bei acht Leuten kann das dauern."

Ich lachte. „Kapiert. Macht nichts, ich bleibe einfach hier sitzen und genieße den Drink."

„Wie läuft der Job? Arbeitest du noch für deinen Vater?" Sie fing an, den Tresen abzuwischen, während wir uns unterhielten.

Ich nickte. „Ja, wir haben noch Rodrigo und einen weiteren Mitarbeiter, aber die Kunden kommen nicht mehr so regelmäßig zur Inspektion, das Geld sitzt bei vielen nicht mehr so locker."

Celeste schnaubte. „Mir musst du

das nicht sagen. Ich weiß manchmal nicht, wie ich meine Familie ernähren soll. Nimm einen guten Rat von mir und bleib Single und kinderlos, so lange es nur geht. Wenn man sich hier allerdings so umsieht, sollte man nicht meinen, dass es irgendjemandem schlecht geht."

Sie hatte recht. In dem gedämpften Licht und mit der hämmernden Musik und den kostbaren Stoffen wirkte alles wie aus einem französischen Film, bevor dem Adel massenhaft die Köpfe abgehackt wurden. Alles am Club V war dekadent. Die Mitglieder sollten hier alles vergessen, was draußen in der Welt vor sich ging. Sie ließen ihre Sorgen hinter sich und gaben sich ihren dunkelsten Fantasien hin.

„Keine Ahnung, wie du das aushältst, in dieser Umgebung jeden Tag zu arbeiten. Berührt dich das nicht?"

„Du meinst, macht es mich scharf?" Sie lachte und nickte. „Ja, aber ich schätze, für meine Beziehung ist das ganz gut. Ich habe meine Frau hier kennengelernt."

„Ich wusste nicht, dass du verheiratet bist."

Celeste nickte und deutete auf ihren unberingten Finger. „Ich trage den Ring bei der Arbeit nicht. Es demotiviert die Mitglieder, die denken, sie könnten mir an die Wäsche gehen. Aber ich stehe nicht auf Männer. Die Frauen wissen es zwar nicht, aber meine Frau und ich sind ziemlich offen. Ich meine, ich habe sie immerhin hier getroffen."

Nun war ich neugierig geworden. Ich fragte mich, ob Samantha das wusste. Sie war vielleicht sehr diskret und hatte es mir deshalb nicht erzählt.

Ich lächelte. „Okay, Celeste. Jetzt will ich wissen, wie du sie kennengelernt hast. Ich mag solche Geschichten."

„So aufregend war das gar nicht, allerdings ziemlich heiß." Celeste beugte sich über die Bar. „Sie hat hier an der Bar gearbeitet, ich war ihre Vorgesetzte. Da war etwas zwischen uns. Sie ist deutlich jünger als ich, auch wenn ich vielleicht nicht so aussehe, aber ich bin 43 Jahre alt. Ich hätte nie gedacht, dass ich eine Chance bei ihr hätte. Und wie gesagt, sie arbeitete für mich. Es gibt hier Regeln für solche Fälle. Vielleicht nicht sehr viele, aber genau für diesen Fall schon. Nicht rummachen mit den Angestellten. Erst recht nicht mit den direkt Untergebenen."

Sie rollte mit den Augen. „Wie dem auch sei, sie wollte nicht hinter der Theke bleiben. Es gab eine freie Stelle auf der anderen Seite der Bar und sie hat sich beworben. Nach ein wenig Einarbeitungszeit kam sie ein paar Wochen später hier in den Saal stolziert wie eine Göttin. Und sie trug nichts weiter als das verdammte Halsband."

Ich schnappte nach Luft. Die Farbe des Halsbands verriet, zu was die Frau bereit war.

„Ich wusste, ich würde mir ansehen müssen, was sie hier mit den Leuten trieb. Das meiste hardcore Zeug findet in den privaten Räumen oder hinter den Vorhängen in den Nischen statt, aber hin und wieder sind die Leute hier draußen auch nicht zu bremsen. Du weißt schon. Passiert ja jetzt gerade auch schon wieder."

Celeste machte keine Witze. Aus dem Augenwinkel sah ich, wie der Mann, der vorhin noch sein Gesicht an der Pussy der Frau hatte, sie jetzt nach Herzenslust vögelte. Und sie schien das hörbar zu genießen.

„Ich wusste, ich würde einiges sehen, was sie tat, aber ich wusste nicht einmal, ob meine Gefühle für sie überhaupt erwidert wurden. Aber als ich sie das erste Mal nackt sah, meine Güte. Ich dachte, mich haut es um. Sie war so atemberaubend schön und ich wusste, einer dieser Typen würde sie verschlingen. Sie zwinkerte mir zu auf dem Weg nach hinten. Ich bin nicht religiös, aber ich habe ein Gebet für sie gesprochen. Die Mitglieder werden sehr genau unter die Lupe genommen, aber manchmal ist ein Irrer dabei, der auf Gewalt steht. Ich wollte nicht drüber nachdenken und habe einfach meine Arbeit erledigt."

Sie zuckte mit den Achseln und seufzte. „Ich wusste nicht, in welches

Zimmer sie gegangen waren und wir waren personell unterbesetzt an dem Abend. Ich wollte in einem der Zimmer Drinks servieren. Es ist üblich, dass jemand für die Getränke auf den Zimmern bereitsteht, aber normalerweise bin ich das nicht. Aber wir hatten wichtige Gäste da, die ich schon kannte. Ein Paar, hier aus der Stadt, wichtige Leute, die lieber den Hintereingang benutzten und ihr privates Zimmer bekamen. Was ich damit sagen will, es sind beides Politiker."

Celeste wedelte mit der Hand durch die Luft. „Das war eine große Nummer. Dass Amber ausgerechnet von denen ausgewählt wurde, war gut für ihre Karriere hier. Sie kamen regelmäßig und wählten immer dieselben Frauen. Sie warfen mit dem Geld nur so um sich und wollten ein Mädchen exklusiv für sich haben. Da mischt man sich dann nicht ein. Man kann hier richtig viel Kohle machen beim Anschaffen. Mit dem vielen Geld verlangen solche Leute manchmal, dass das Mädchen keine anderen Kunden haben darf oder nur bestimmte Sachen mit anderen Kunden machen darf. Das ist zwar sehr selten, aber das Management akzeptiert das, wenn so viel Geld im Spiel ist."

Celeste holte tief Luft. „Jedenfalls hatte ich keine Ahnung, dass Amber bei denen im Zimmer sein würde, als ich die Drinks servierte. Ich wusste auch nicht, dass sie auf dem Boden knien würde, mit dem Typen bis zum Anschlag in ihrer Pussy, während die Frau unter ihr lag und ihre Klitoris leckte."

„Ach du meine Güte." Ich nahm einen großen Schluck von meinem Cocktail.

Celeste grinste. „Das ist okay für dich, oder? Normalerweise erzähle ich so etwas nicht Leuten, die keine Mitglieder sind, erst recht nichts Persönliches. Es geht ja eigentlich darum, dass die Typen denken, sie hätten hier an der Bar eine Chance bei mir, auch wenn das nie der Fall sein wird."

Ich schüttelte den Kopf. „Nein, ist okay für mich. Aber du hast recht, das klingt scharf. Ich verstehe nicht, wie du hier arbeiten kannst, ohne jede halbe Stunde heftig zu masturbieren."

Celeste lachte und berührte sanft meine Hand. „Oh, Schätzchen, wir haben alle unsere Momente, glaub mir."

„Und wie wurde aus euch beiden dann ein Paar?"

Sie lehnte sich gegen den Tresen und stützte das Kinn auf die Hände. „Nun, wie gesagt, ich kam rein und sah das. Ich musste mich normal benehmen, meine Haltung bewahren und mir nicht anmerken lassen, dass die Frau, die ich mehr begehrte als irgendjemanden sonst, von dem Typen gefickt wurde. Der Mann könnte irgendwann mal Präsident werden. Ich musste einfach meinen Job erledigen. Sie machten eine Pause, um weitere Drinks zu bestellen, dann ging es weiter. Nun kniete Amber vor der Frau, fingerte sie und spielte mit ihrer Klitoris. Der Mann hatte über die Titten seiner Frau abgespritzt und nuckelte daran, während er gleichzeitig Amber zusah. Ich stand hinter der Zimmerbar und bemühte mich, nicht hinzuschauen, aber sie zog mich magisch an. Sie steckte ihre Zunge in die Pussy der Frau und blickte zu mir auf. Ihre Augen waren so dunkel. Das Paar war zu beschäftigt, um es zu bemerken, aber während der ganzen Zeit, in der sie die Frau bearbeitete, blickte sie nur mich an."

Ich wedelte mir Luft zu. „Du machst Witze. Das hätte mich irre gemacht!" Ich konnte es mir sehr gut vorstellen, obwohl ich nicht einmal wusste, wie Amber aussah. Celeste war umwerfend und ich ging davon aus, dass eine Frau, die sie hier im Club aufgerissen hatte, der Hammer sein musste.

„Ich hatte fast einen Höhepunkt, allein davon, ihr zuzusehen. Ihr Blick, die Art, wie sie die Frau leckte, und mich dabei anschaute, ich wusste sofort, dass die Chemie, die ich zwischen uns gespürt hatte, nicht nur in meiner Fantasie bestand. Sie empfand ebenso. Als sie fertig waren und ich an die Bar zurückkehrte, war meine Schicht fast vorbei. Ich ging in den Umkleideraum, um meine Sachen zu holen. Die ganze Zeit dachte ich nur daran, sobald ich nach Hause käme, meinen bevorzugten Vibrator zu nehmen und mir vorzustellen, das wäre Amber. Ich war mir nicht sicher, ob ich es überhaupt noch bis nach Hause schaffen würde. Ich habe für solche Fälle einen Vibrator im Auto." Sie zwinkerte mir zu und grinste. „Aber so weit kam es gar nicht. Amber war auch im Umkleideraum. Sie hatte sich eine Yoga-Hose angezogen und ein Tank-Top und war frisch geduscht. Sie saß da und wartete auf mich. Dann stand sie auf, kam zu mir und küsste mich zärtlich. Sie sagte, sie würde mit mir nach Hause kommen."

Das war nicht nur heiß, sondern auch süß. Normalerweise beeindruckten mich solche Geschichten nicht so sehr, aber da ich wusste, dass die beiden noch immer glücklich miteinander waren, wärmte es mir das Herz.

„Das ist ja echt süß, Celeste."

Sie nickte und lächelte. „Seither waren wir nie mehr getrennt. Um also auf deine ursprüngliche Frage zurückzukommen, wie geht man mit der Frustration hier um? Ich lasse es jede Nacht zu Hause an meiner heißen Frau aus." Celeste lachte laut auf. „Vielleicht nicht mehr ganz so oft wie früher, sie ist oft müde. In ein paar Monaten bekommen wir ein Kind."

„Im Ernst? Celeste, das ist ja toll!" Ich stand auf und beugte mich über die Bar, um sie zu drücken. Sie klopfte mir auf den Rücken und bemühte sich, ihre Gefühle im Zaum zu halten.

„Ja, ja. Wer hätte das gedacht, was? Danke fürs Zuhören. Ich rede nicht oft über mich hier. Meistens ist es eher anders herum."

Ich lächelte. „Weißt du, manchmal frage ich mich, ob es die wahre Liebe überhaupt gibt, und lande meistens bei einem klaren und deutlichen Nein. Aber deine Geschichte könnte mir den Glauben daran zurückgeben. Ich freue mich wirklich sehr für dich."

Der Alkohol tat seine Wirkung. Vielleicht würde ich lieber Samantha bitten, uns nach Hause zu fahren.

„Entschuldige mich einen Moment, ich muss mal wohin." Ich hüpfte vom Barhocker runter.

„Oh, warte kurz." Celeste schien etwas einzufallen. „Die Toilette für die Angestellten ist defekt. Die Rohrleitungen sollen morgen repariert werden. Aber du kannst die Toilette hinten bei meinem Büro benutzen. Da den Flur hinunter, fast bis zum Ende. Kannst es nicht verfehlen."

Ich bedankte mich und folgte ihrer Richtungsangabe, durch den dunklen Gang, der spärlich von roten Lämpchen beleuchtet wurde. Ich tastete mich mehr oder weniger vorwärts bis zu der Tür, die ich für die richtige hielt, und öffnete sie. Es war seltsam still und sehr dunkel. Es dauerte einen Moment, bis sich meine Augen an das wenige Licht gewöhnt hatten, das aus einer Ecke schien. Warum sollte jemand eine Toilette so sparsam beleuchten?

Dann sah ich sie. Das Mädchen mit

dem Hundehalsband. Sie saß auf einem Stuhl, der eher wie ein Thron aussah. Sie war nackt bis auf das mit Diamanten besetzte Halsband. Ihre Beine waren weit gespreizt, sie war an den Stuhlbeinen angebunden. Zwischen ihren Schenkeln kniete ein dunkelhaariger Mann mit kurzem Pferdeschwanz und verwöhnte sie. Ihr plötzlicher orgiastischer Schrei übertönte mein lautes Einatmen.

3

Ich schlug mir die Hand vor den Mund. Das war nicht das Damenklo. Ich hatte keine Ahnung, wo ich war, aber ich stand da, wie angewurzelt. Ich blickte mich um und stellte fest, dass ich mich in einem Büro befand, aber es gehörte eindeutig einem Mann, der einen bestimmten Geschmack hatte. Auf einer Seite stand eine lange Couch, dann gab es den Thron, auf dem das Mädchen gefesselt saß, und einen massiven Schreibtisch mitten im Zimmer. Es gab wohl auch Fenster, aber die waren verdunkelt.

Er lutschte an ihrer Pussy, trank

jeden Tropfen, den sie hergab. Ich wusste, ich sollte mich sofort umdrehen und verschwinden, bevor meine Anwesenheit bemerkt wurde, aber verdammt, ich wollte zu gern zuschauen, was die beiden miteinander veranstalteten.

Er packte ihre kleinen Brüste, die Nippel ragten hart heraus. Er zog daran, so dass sie den Rücken durchbog und erneut aufschrie.

„Fick mich, Jake!"

Plötzlich zog der Mann sich zurück. Ich betete, dass er mich in meiner dunklen Ecke neben der Tür nicht sehen würde, aber es war offensichtlich, dass sie zu sehr mit sich selbst beschäftigt waren.

„Was habe ich dir gesagt?", fragte er mit einer harschen, sexy Stimme. Sie war tief, vor allem, weil er so erregt war. Wer würde nicht kurz vom Orgasmus stehen, wenn er tat, was der Mann gerade machte?

Sie atmete angestrengt durch. „Es tut mir leid, ich ... ich möchte doch nur, dass du meine Pussy fickst."

Er stand auf und zog sich zurück, schaute sie aber weiterhin an.

„Was habe ich dir gesagt?"

Sie schluckte und fing an, ihre Hände zu bewegen, merkte dann aber, dass die ebenfalls an den Stuhl gefesselt waren.

„Du hast gesagt, ich soll dich Mr Mesa nennen. Aber ich bin so nah dran …, bitte …" Sie stöhnte und schloss die Augen.

Er nickte „Und was habe ich dir gesagt, wird passieren, wenn du nicht tust, was ich dir sage?"

„Du hast gesagt, ich darf nicht kommen."

Er nickte erneut. „Und was noch?"

Sie schluckte. „Du hast gesagt, ich werde bestraft."

Er nickte und hielt einen Moment inne, dann löste er ihre Hand- und Fußfesseln. Ihre Schenkel schlossen sich und sie rieb sich am Stuhl, bis er ihre Schenkel packte und auseinanderdrückte.

„Nein, das wirst du nicht tun. Wann darfst du kommen?"

Sie seufzte schwer. „Wenn du es mir sagst."

„Genau. Jetzt steh auf und dreh dich um. Du bekommst nun deine Bestrafung."

Ich war schockiert, dass sie genau das tat. Sie beugte sich vor, hielt sich am Stuhl fest und präsentierte dem Mann ihren Arsch. Er ging hinüber zur Wand hinter seinem Schreibtisch und wählte eine der Peitschen, die dort hingen. Er kehrte zu ihr zurück und massierte zunächst ihren Hintern mit den Händen und küsste beide Arschbacken.

„Wie lautet mein Name?"

„Mr Mesa."

Das Ende der Lederpeitsche glitt zwischen ihre Arschbacken und er neckte sie damit. Dann zog er sie zurück und schlug sie. Sie zuckte, sagte aber nichts.

„Wann darfst du kommen?"

„Wenn du es sagst", stöhnte sie.

Er schlug erneut zu, dieses Mal

etwas stärker.

„Wem gehört diese Pussy?"

„Dir", schrie sie, erschauerte und erwartete einen weiteren Hieb. Mir wurde bewusst, dass ich es ebenfalls tat, denn ich zuckte und rechnete mit einem Schlag auf ihren geröteten Hintern.

Stattdessen überraschte er uns beide, ging auf die Knie und zog ihre Arschbacken auseinander. Dann leckte er sie der Länge nach von der Pussy bis zum Anus, steckte seine Finger in sie und saugte an ihrer Klitoris.

Sie war so angespannt, dass er sie erneut zum Höhepunkt brachte. Sie schrie auf und rieb ihr Geschlecht an seinem Gesicht. Ich merkte, dass ich die Schenkel fest zusammenpresste. Ich war ebenfalls kurz davor zu kommen und musste dringend hier raus.

Ich sammelte mich und schlüpfte unbemerkt zur Tür hinaus. Sobald ich wieder auf dem Flur stand, sah ich mich nach der Toilette um und hoffte, nicht wieder durch eine falsche Tür zu gehen. Vor allem wollte ich vom Flur runter, bevor jemand aus diesem Zimmer herauskam. Allerdings war nicht damit zu rechnen, dass das bald passieren würde. Da war ein Schild an einer Tür. Das konnte man in der Dunkelheit des Flurs leicht übersehen. Ich öffnete sie, trat ein und riegelte hinter mir ab.

„Fuck." Ich starrte mich im Spiegel an, öffnete ohne zu zögern meine Hose und fuhr mit den Fingern unter mein Höschen. Ich war so nass und meine Klitoris war heiß und hart, nach der erotischen Vorstellung in dem Zimmer. Ich rieb mit dem Finger darüber, stellte mir den Typen vor, wer auch immer er war, wie er vor mir kniete, an mir saugte, als wäre es das Köstlichste, was er je vor sich hatte. Dann dachte ich daran, wie er das Mädchen gepeitscht hatte und das war ..., das war es dann für mich. So ein exquisiter, scharfer Schmerz auf dem Arsch, gefolgt von ihm zwischen meinen Schenkeln, der mich leckend besänftigt. Ich stützte mich gegen die Wand, als mein Becken gegen meine Hand zuckte.

Als ich fertig war, ging ich pinkeln

und wusch mir die Hände. Dann betrachtete ich mich erneut im Spiegel. Ich sah aus wie gerade erst gefickt. Ich wusste, wie das aussah. Ich hatte Samantha oft genug gesehen, wenn sie aus ihrem Zimmer kam und einen ihrer Typen da hatte. Ich hatte den Ausdruck eben hier im großen Saal gesehen. Geweitete Pupillen, gerötetes Gesicht. Ich blickte an mir herunter. Die Bluse saß nicht mehr ordentlich. Nun, immerhin hatte ich es bis ins Bad geschafft. Sicher fragte sich Celeste, warum ich so lange brauchte.

Ich verließ das Bad und kehrte an die Bar im Hauptsaal zurück. Es waren derzeit nicht sehr viele Leute im Saal und dafür war ich dankbar. Ich konnte für heute nicht mehr verkraften.

„Alles klar bei dir?" Celeste kam zu mir herüber. Sie hatte am anderen Ende der Theke einem Gast etwas serviert und schaute mich nun etwas besorgt an.

„Ja, vielleicht habe ich irgendetwas nicht vertragen. Mach dir keine Sorgen. Ist halb so wild."

Sie musterte mich skeptisch, dann grinste sie. „Hat meine Geschichte, wie ich Amber kennenlernte, auf dich gewirkt? Musstest du dich der Sache annehmen? Ich sollte das nicht fragen. Aber du bist Sams Freundin und damit auch meine."

„Äh, ja. Das ist mir etwas peinlich." Allerdings weniger peinlich, als zuzugeben, dass ich in das Büro gelatscht war und diesen Jake dabei gesehen hatte, wie er und das Mädchen mit dem Halsband …, was auch immer.

„Willst du noch einen Drink?"

Ich nickte. „Gerne. Sam muss uns dann nach Hause fahren."

Celeste grinste. „Kommt sofort."

Ich wartete auf mein Getränk und hielt den Blick starr auf die Bar gerichtet, betrachtete die vielen bunten Flaschen, die hübsch aufgereiht standen und durch die Beleuchtung bunt schillerten. Es war schwer, nicht daran zu denken, was in dem Zimmer geschehen war. Wer war denn dieser Jake … Mr Mesa? Samantha hatte mir von einigen Kollegen erzählt, aber vor allem von denjenigen, die hinter der Theke arbeiteten, nicht diejenigen, die wichtig genug waren, dass sie ein Büro hier hatten. Er musste demnach einer der Manager oder Besitzer sein. Wer auch immer sich so einen Laden leisten konnte, musste verdammt reich sein. Jake Mesa war wohl ziemlich wichtig für den Club.

Ich hätte Celeste nach ihm fragen können, aber ich wollte auf keinen Fall gestehen, was ich gesehen hatte. Sie würde es zwar bestimmt nicht weitererzählen, aber ich sollte dennoch nicht drüber reden. Vielleicht musste sie solche Dinge melden? Vielleicht hätte der Typ das alles gar nicht tun dürfen? Obwohl es mir ja ein Leichtes gewesen war, da einfach so hereinzustolpern. Wenn man so etwas vorhat, dann schließt man doch ab, oder nicht? Vielleicht stand er darauf, dass Leute aus Versehen reinkamen.

Zumindest konnte ich sicher sein, dass er mich nicht gesehen hatte. Ansonsten wäre die Sache ganz anders ausgegangen. Man hätte mich bestimmt rausgeworfen und mir für immer Hausverbot erteilt. Hatte ich etwas Verbotenes getan? Zählte das als Einbruch? Würde mir irgendjemand glauben, wenn ich erzählte, dass ich nur das Bad gesucht hatte? Zumindest die schwache Beleuchtung in dem Gang würde meine Version unterstützen.

Celeste stellte den Drink vor mir ab und steckte einen schwarzen Strohhalm hinein.

„Du siehst angespannt aus, Taylor. Was ist los?"

Ich zuckte mit den Schultern. Celeste war zu gut in ihrem Job und ich wollte nicht darüber reden. „Ach, du weißt schon, Geldangelegenheiten." Ich machte eine wegwerfende Handbewegung.

Celeste nickte. „Dachte ich mir schon. Ich wollte dich ohnehin fragen."

Ich blickte sie irritiert an. „Was denn?"

„Na ja, ich darf niemanden für den Bereich auf der anderen Seite der Theke einstellen, aber wenn du einen Nebenjob suchst, dann könnte ich ein gutes Wort für dich einlegen. Ich bin sicher, wir könnten dich hier unterbringen." Sie beugte sich vor. „Es soll nicht wie Anmache klingen, aber du hast einen tollen Körper und bist genau die Art Frau, die hier gern angeheuert wird. Wenn du dich also mit solchen Dingen auskennst …"

Ich seufzte. „Die Sache ist die, das mag alles total spannend klingen hier, ich gebe zu, es hat mich scharf gemacht, aber ich weiß nicht, ob ich dafür geeignet bin. Ich müsste vorher etwas klären, bevor ich drüber nachdenke, so einen Job anzunehmen."

Celeste musterte mich erneut sehr genau, dann machte sie große Augen. „Verdammt, Mädchen. Normalerweise erkenne ich das auf weite Entfernung. Ich hätte nie gedacht, dass du noch Jungfrau bist."

Nun war es an mir, große Augen zu machen. „Wie hast du das erkannt?"

Sie grinste. „Du hast selbst gesagt, du

müsstest vorher etwas klären. Da war das naheliegend. Falls es dich interessiert, gibt es hier auch eine Möglichkeit für Jungfrauen."

Ich schüttelte den Kopf. Von solchen Dingen hatte ich gehört. Falls ich mal richtig verzweifelt sein sollte, dann vielleicht, aber ich wollte meine Jungfräulichkeit nicht an den Meistbietenden verscherbeln.

„Nein, danke. Ich glaube, das erledige ich lieber auf die traditionelle Art. Vielleicht schnappe ich mir einen dieser Typen hier auf dem Weg nach Hause."

Sie lachte auf. „Sobald sie hier raus sind, kannst du machen, was du willst. Aber ich muss dich warnen. Normalerweise sind sie dann auch für eine Weile ziemlich erschöpft."

„Kann ich mir vorstellen."

Celeste überließ mich eine Weile mir selbst und ich saß da und dachte über meine Zukunft nach. In einem Club wie diesem zu arbeiten, war nicht mein Ding. Ich hatte noch nie an einer Theke bedient, das wäre also schon mal raus.

Und die andere Arbeit, die man hier machen konnte, dafür fühlte ich mich auch ungeeignet. Ich nahm an, ich würde gut im Bett sein, aber das wollte ich mit einem Mann herausfinden, den ich mir selber ausgesucht hatte. Ein Mann, der wusste, was er tat. Nicht jemand, der dafür bezahlte. Ich war nicht auf der Suche nach Liebe, aber ich wollte jemanden, der sich nach mir verzehrte und wie Wachs in meinen Händen war.

Mir wurde langsam klar, dass ich das, was Jake mit der Frau in dem Zimmer getan hatte, deshalb so reizvoll fand, weil er Macht über sie hatte. Die Art, wie sie sich ihm bereitwillig auslieferte, ihm erlaubte, sie zu fesseln und sie auszupeitschen, wenn sie ihm nicht gehorchte. Ich stellte mir vor, wie es wäre, an ihrer Stelle zu sein, so sehr nach einem Orgasmus zu verlangen und ihn nicht zu bekommen. Ich war nie in einer solchen Situation gewesen. Die meisten meiner Orgasmen hatte ich mir mit den eigenen Händen bereitet und ich besaß nicht genug Selbstdisziplin, um ihn mir zu verwehren. Ich hatte es einige Mal versucht, länger herauszuzögern, aber ich nahm an, das funktionierte besser, wenn jemand anderes den Vibrator bediente.

Ich rutschte wieder unruhig auf meinem Hocker hin und her und zwang mich, nicht mehr daran zu denken. Ich wollte nicht noch mehr Aufmerksamkeit auf mich ziehen, weder von Celeste noch sonst irgendjemandem. Mir stockte der Atem, als ich aufsah und den Mann in der Tür hinter der Bar stehen sah.

Was auch immer du tust, vermeide jeglichen Blickkontakt, ermahnte ich mich in Gedanken. Ich war mir sicher, dass man mir alles vom Gesicht ablesen konnte und ich konnte nichts dagegen tun. Der Typ würde an mir vorbeigehen und sofort wissen, dass ich ihn eben gesehen hatte, als er sein Gesicht zwischen den Schenkeln einer Frau vergraben hatte. Sie kam gleich darauf auch durch die Tür und grinste wie die Cheshire-Katze. Sie trug einen Bikini mit diamantbesetztem Top und passenden Tanga. Als sie an ihm vorbeiging, klatschte er ihr kräftig auf den Hintern und sie lachte und ging weiter in den Saal.

Ich konzentrierte mich auf meinen Drink und hoffte, übersehen zu werden. Aber leider klappte das nicht. Ich spürte, dass er sich mir näherte und sich neben mich an die Bar setzte.

„Ich glaube nicht, dass ich dich vorher schon mal hier gesehen habe." Er sah mich neugierig an. „Ein neues Mitglied?"

Ich schüttelte den Kopf und blickte schließlich doch auf, um ihn anzusehen. Warum musste er denn bloß so umwerfende Augen haben? Sie passten hervorragend zu seinem kantigen Gesicht, der gebräunten Haut, dem schwarzen Haar und dem Hauch von Bart, um ihn absolut sexy und zum Vernaschen aussehen zu lassen. Ich musste mich zügeln, um nicht über ihn herzufallen. Der Mann war nicht mein Typ. Ich wollte jemanden, der genau tat, was ich verlangte, der dafür sorgte, dass ich Befriedigung fand, aber keineswegs umgekehrt, jemand, der mich benutzen konnte zu seinem Vergnügen, wann und wie er wollte.

„Nein, ich hole nur eine Freundin ab. Sie kellnert hier."

Er nickte verstehend und hielt mir seine Hand hin.

„Ich bin Jake Mesa. Und du?"

Ich nahm seine Hand und wurde mir gleichzeitig darüber bewusst, dass er sie eben noch tief in der Muschi der Frau drin hatte.

„Taylor Dawson." Ich lächelte höflich.

„Freut mich, dich kennenzulernen, Taylor." Er ließ meine Hand los, ging aber nicht weg, sondern musterte mich von Kopf bis Fuß. Ich war noch nie so intensiv betrachtet worden. Er begutachtete mich komplett, schätzte mein Gewicht und meine Maße und kam zu einem Ergebnis.

Er grinste. „Ich dachte wirklich, du wärst ein Mitglied unseres Clubs. Sehr bedauerlich. Wir könnten frisches Blut wirklich gut gebrauchen."

Ich blickte zu seiner Freundin mit dem Diamanten-Bikini. „Für mich sieht das so aus, als gäbe es reichlich junges Blut hier."

Das Lächeln verschwand von seinem Gesicht, er beugte sich nahe an mein Ohr und atmete dagegen.

„Frisches Blut."

Ich schluckte und trank von meinem Cocktail.

Er lehnte sich langsam zurück. „Falls du doch mal an einer Mitgliedschaft interessiert sein solltest, lass es mich wissen." Er zog eine Visitenkarte aus seiner Tasche und schob sie unter meine Hand.

„Wirklich, du kannst mich jederzeit anrufen."

Jake Mesa stand auf und ging weg. Als ich mich auf dem Hocker bewegte, merkte ich, dass mein Höschen komplett nass war, allein von seiner Ausstrahlung.

Celeste kam zu mir. „Sorry, bei dem kann ich dir nicht helfen."

Ich schüttelte den Kopf und blickte

auf die Karte. Sie zeigte das Logo des Clubs V auf der einen Seite, auf der anderen stand der Name. „Jake Mesa, Besitzer." Dann folgten seine Telefonnummer und eine E-Mail-Adresse. Ganz unten stand eine weitere Nummer mit dem Vermerk 'Private Durchwahl'.

„Sei vorsichtig", sagte Celeste augenzwinkernd.

„Wo steckt denn Sam nur?", fragte ich leicht verzweifelt. Ich war schon viel zu lange hier im Club, zumindest kam es mir so vor, auch wenn es wahrscheinlich gar nicht so war. Dieser Ort machte etwas mit mir.

Endlich tauchte Sam wie aus dem Nichts auf. „Ich bin hier! Bist du fertig?"

Ich nickte, stand auf und trank mein Glas aus. „Du musst fahren." Ich reichte ihr die Schlüssel.

„Cool." Ich folgte ihr aus dem Club hinaus zum Parkplatz, dankbar für die frische Luft. Ich wollte nur noch weg von dem Laden und von Jake Mesa.

4

Ich war froh, endlich wieder meine Jogginghose und ein altes T-Shirt anzuhaben. Darin machte ich es mir auf unserer alten Couch bequem, um mir irgendeinen Schrott im Fernsehen anzuschauen und mit Samantha über ihren langen Arbeitstag und meine seltsame Erfahrung im Club zu reden.

„Mal ehrlich, ich weiß nicht, ob ich schon mal erwähnt habe, wie verdammt schräg dein Arbeitsplatz ist, aber heute habe ich davon mehr als genug zu sehen bekommen."

Samantha lachte vergnügt und

nippte an ihrem Tee, während sie durch die Kanäle zappte. „Ich habe keine Ahnung, wovon du redest." Natürlich war das reiner Sarkasmus. Ihr war selbstverständlich bewusst, in was für einem schrägen Laden sie arbeitete. Schließlich ging sie jeden Tag dahin.

„Ich weiß wirklich nicht, wie du das aushältst, Sam. All die Leute, die da auf den Sofas liegen und vögeln, die darauf warten, gevögelt zu werden oder darauf hoffen, jemanden zum Vögeln zu finden, so wie der Typ an der Bar, der dachte, ich stünde auch auf der Speisekarte."

Sie zuckte die Achseln und nickte. „Ja, einige sind schon ziemlich arg. Eigentlich sollten sie die Thekenkräfte in Ruhe lassen, zumindest steht das in den Hausregeln, die jeder gelesen haben muss. Aber irgendwie scheint das einige erst recht anzuspornen. Gerade, weil es gegen die Regeln verstößt. Sie wollen herausfinden, ob sie derjenige sein könnten, der das schafft. Aber das klappt nie. Die Mitglieder werden rausgeworfen, die Angestellte entlassen. Da gewinnt keiner bei. Hat dich jemand belästigt?"

Ich wischte es beiseite. „Da war so ein Typ, war aber halb so wild und Celeste war zur Stelle. Ich wäre auch allein mit ihm fertig geworden, aber es war gut zu wissen, dass sie zur Not da war. Er wirkte allerdings nicht sonderlich hartnäckig. Aber man kann nie wissen."

„Wem sagst du das." Samantha entschied sich für eine Dating Reality Show, stellte aber den Ton leiser, damit wir uns weiter unterhalten konnten. „Ich bin froh, dass Celeste meine Chefin ist. Sie passt gut auf uns auf. Einige Typen und sogar manche Frau schlagen manchmal über die Stränge, aber sie hat das immer sofort im Griff."

Ich nickte und starrte auf den Fernseher, während ich mich fragte, wie ich Sam erzählen sollte, was mir heute Abend widerfahren war. Wenn Jake Mesa der Besitzer war, dann war er logischerweise auch Sams Boss. Ich hatte sie noch nie von ihm sprechen hören, wahrscheinlich traf man die Besitzer dort nicht oft an, aber sie konnte mir vielleicht etwas mehr über ihn erzählen.

„Celeste hat mir angeboten, dort zu arbeiten."

Sam schaute mich ein wenig erstaunt an. „Im Ernst? Aber du hast noch nie gekellnert. Sie achtet sehr auf solche Dinge, bevor sie Thekenkräfte anheuert."

„Äh, ja, sie meinte nicht die Theke."

Da verstand Sam, was ich meinte. „Oh, wow. Okay, und denkst du ernsthaft drüber nach?" Ich konnte erkennen, dass sie schockiert war. Sie kannte mich beinahe mein ganzes Leben lang, natürlich musste sie das überraschen.

Ich schüttelte den Kopf. „Nee, ich meine, das Geld wäre schon toll, aber ich habe ihr gleich gesagt, ich müsste vorher noch etwas erledigen."

„Und damit meinst du deine Jungfräulichkeit, richtig?"

„Genau."

„Tja, Tay, Ich habe dir schon immer gesagt, du machst darum zu viel Aufhebens. Ich weiß, du gibst dich knallhart und willst, dass alles genau so läuft, wie du es dir vorstellst, aber vielleicht solltest du einfach mal ins kalte Wasser springen und etwas ausprobieren, Erfahrungen sammeln. Man kann nie wissen, wohin es einen führt. Und selbst wenn es nirgends hinführt, hat man wenigstens neue Erfahrungen gemacht. Daran ist nichts falsch."

Ich dachte schweigend eine Weile darüber nach. Es hatte eine Menge Möglichkeiten gegeben, es gab sie immer noch, ich konnte mir jederzeit einen Mann auswählen, der mein Erster sein sollte. Es hätte genauso gut der nächste Mann sein können, der die Werkstatt betrat.

„Vielleicht solltest du jemanden verführen", schlug Sam vor. „Das klingt doch sehr nach dir. Du magst Herausforderungen."

Ich grinste und rollte mit den Augen.

„Ganz im Ernst. Schau dich um. Vielleicht ein Kunde in der Werkstatt, jemand mit einem sehr teuren Auto. Frag nach seinem Namen, finde heraus, ob er verheiratet ist und dann nagel ihn auf dem Rücksitz seines Wagens in der Mittagspause. So schwer kann das doch wohl nicht sein, bei deinem Aussehen."

„Besten Dank auch." Ich war mir nicht sicher, ob das wirklich ein Kompliment war.

„Komm schon, du weißt, das war nett gemeint. Du bist umwerfend, Tay. Du könntest jeden Typen haben, den du willst. Ich weiß, du willst jemanden, der weiß, was er tut, aber mal ehrlich, du bist so geübt im Umgang mit deinem Vibrator, dass ich bezweifle, dass irgendein Typ da mithalten könnte."

Ich schnippte ein Haargummi in ihre Richtung und verzog das Gesicht.

Samantha lachte. „Du weißt, dass ich recht habe. Ganz im Ernst, wenn du die Sache angehen willst, dann such dir halt einen aus. Bring es hinter dich. Und ab da …" Sie grinste verwegen. „Dann kannst du dich durch den ganzen Stapel Typen durcharbeiten. Es gibt so viele. Allein die Typen, die du an der Bar aufgabeln könntest. Um ehrlich zu sein, bin ich ziemlich neidisch."

„Als ob du dir nicht auch jeden aussuchen und an jeder Hand zehn Typen haben könntest."

Sie schüttelte den Kopf. „Mag sein, aber du hast Großes vor dir. Du hast es noch nie getan, du bist älter als die meisten, wenn sie zum ersten Mal Sex haben und du hast eine klare Vorstellung davon, was du willst. Ich denke, das sind ideale Voraussetzungen."

Ich holte die Karte aus meiner Tasche und schob sie über den Couchtisch zu ihr hin. Sie nahm sie und las den Namen. Dann schaute sie mich erstaunt an.

„Woher hast du die?", fragte sie irritiert.

„Er hat sie mir gegeben."

Sie machte große Augen. „Wow. Das ist ungewöhnlich. Ich bin mir aber nicht sicher, ob ich ihn an deiner Stelle anrufen würde. Ich meine, wenn wir immer noch über dasselbe Thema reden."

„Er wäre erfahren, schätze ich."

Samantha räusperte sich. „So kann man es auch ausdrücken."

Ich legte den Kopf schräg und musterte sie. „Ja, aber was hältst du von ihm?"

Sie zuckte leicht mit den Schultern. „Ich würde sagen, dass er einen gewissen Ruf im Club hat. Ich muss nicht extra erwähnen, dass das hier unter uns bleiben muss, oder? So ganz viel weiß ich nicht über ihn. Aber wenn man in einem Club wie diesem arbeitet, dann kriegt man schon einiges mit. Ich bin lange genug da, um ein paar echt schräge Dinge über die Besitzer gehört zu haben."

„Was weißt du über sie?" Ich war aufrichtig interessiert. Von Jake Mesa hatte ich einiges zu sehen bekommen, aber ich fragte mich, was Sam so über ihn wusste. Sie hatte recht, man hörte eine Menge Klatsch und Tratsch als Angestellte. Und wenn er das, was er mit Miss Diamanten-Halsband gemacht hat, auch mit den Angestellten tat, dann würde sich das unter den Kolleginnen herumsprechen.

„Also, der Club wurde ursprünglich von drei Freunden gegründet, als sie noch im College waren. Sie sind noch immer die drei Besitzer und ziemlich aktiv, aber ich habe von ihnen noch nicht viel zu sehen bekommen. Ich bin nur eine einfache Kellnerin, sie haben mit uns nicht viel zu tun. Jedenfalls waren sie Freunde auf dem College und beschlossen, gemeinsam den Club V zu gründen. Erst gab es nur einen Laden, dann noch mehr Niederlassungen und inzwischen gibt es das Franchise im ganzen Land, fast in jeder großen Stadt."

„Dann sind die drei Typen stinkreich?"

Sie nickte energisch. „Absolut stinkreich. Die Mitglieder kommen inzwischen sogar aus dem Ausland und von denen kassieren sie noch höhere Beiträge. Und es sieht nicht so aus, als wäre das schon das Ende der Fahnenstange."

Ich kaute auf meiner Unterlippe. Ich hatte davon gehört, aber ich wusste nicht, ob sich Sam ein paar persönliche Infos entlocken lassen würde, vor allem über Jake Mesa. Es hörte sich nicht so an, als hätte sie viel mit den drei Männern zu tun.

„Wer sind sie?"

„Neil, Pete und Jake, also der Typ, der dir die Karte gegeben hat. Neil habe ich hin und wieder mal gesehen, aber Jake hat einen gewissen Ruf, was die Mitarbeiterinnen des Clubs angeht. Einige haben sich mit ihm eingelassen und kurz darauf gekündigt."

Ich runzelte die Stirn, das klang nicht gut. „Wieso?"

Sie zuckte mit den Achseln. „Ich weiß nur Gerüchte. Sie haben nichts falsch gemacht oder etwas Verbotenes getan, aber ich glaube, er hat ein paar Vorlieben, die die Mädchen nicht mit ihm geteilt haben. Und er ist ein wenig zu intensiv und beängstigend. So ein Alpha-Männchen, ständig am Grübeln."

„Ja, das ist mir auch sofort aufgefallen", sagte ich leise, nahm die Karte und drehte sie hin und her.

„Er hat dir seine private Handynummer gegeben."

Ich nickte. „Hat er."

„Ist er einfach an die Bar gekommen und hat sie dir gegeben? Hat er mit dir geflirtet oder so?"

„Ich bin mir nicht sicher, aber ich hatte den Eindruck, als wollte er mir eine Mitgliedschaft im Club aufschwatzen. Er sprach von 'frischem Blut'."

„Ach du meine Güte! Ruf ihn nicht an, Tay, bitte. Ich halte ihn zwar nicht für gefährlich, aber ich glaube, er ist eine Art Typ, mit dem man sich besser nicht einlässt. Jedenfalls nicht für das, was du vorhast. Er mag dir Vergnügen bereiten, aber ich glaube, er bietet da etwas zu viel des Guten."

Ich nickte. „Ich weiß."

Samantha verharrte mit der Teetasse direkt vor dem Mund. „Was soll das heißen, du weißt?"

Ich schaute sie an und mir wurde klar, was ich da gesagt hatte. Ich war unsicher, ob ich ihr etwas erzählen sollte von dem, was ich gesehen hatte. Aber da sie den Mann einigermaßen kannte, würde es sie wahrscheinlich gar nicht allzu sehr überraschen.

Ich holte tief Luft. „Ich war heute Abend im Club auf der Suche nach der Toilette und bin aus Versehen in sein Büro gestolpert."

Samantha stellte ihre Tasse ab. „Meine Güte. Bitte sag mir, dass du sofort auf dem Absatz kehrtgemacht hast und wieder rausmarschiert bist."

Ich versuchte zu lächeln, scheiterte aber kläglich und grinste nur schief.

„Mist. Weiß irgendjemand, dass du da warst? Hat er dir deshalb die Karte gegeben?"

Ich schüttelte den Kopf. „Niemand weiß, dass ich da drin war. Celeste dachte, ich bräuchte etwas länger im Klo, weil ich masturbieren wollte. Das habe ich auch, aber darum geht es nicht. Sie weiß nicht, dass ich in seinem Büro war. Und was noch wichtiger ist: Er weiß es auch nicht."

Samantha seufzte erleichtert auf. „Oh mein Gott, ich bin so froh, Jesus, das hätte böse ins Auge gehen können."

„Ja, es weiß niemand, dass ich da war, aber ich habe dort Dinge gesehen."

Sie vergrub ihr Gesicht in beiden Händen. „Du solltest eine Weile nicht in den Club kommen." Dann blickte sie neugierig zu mir auf. „Ich weiß nicht, ob ich wirklich wissen will, was du da gesehen hast."

„Eine Menge", sagte ich mit einem nervösen Kichern. „Peitschen, eine Frau, gefesselt an einen Stuhl, er hat ihre Pussy geleckt. Dann hat er sie ausgepeitscht."

Sie schluckte. „Ja, das klingt ganz nach ihm, allerdings eher die harmlose Variante. Siehst du, das meinte ich, dass er nicht dein Typ ist. Er braucht die Kontrolle, er verlangt eine Menge von den Frauen, mit denen er Sex hat. So einen solltest du dir nicht aussuchen."

„Ja, das weiß ich, du hast ja recht."

Ich dachte über ihre Worte nach. Okay, der Typ war sehr dominant. Das war ich auch. Zumindest in meinen Fantasien. Ich stellte mir immer vor, dem Mann zu sagen, was er tun sollte, um mich zu befriedigen, ohne an sich selbst zu denken. Das war sicher egoistisch, aber ich wusste seit langer Zeit schon, dass ich ziemlich unersättlich war, wenn es um Sex ging.

Aber dieser Typ hatte etwas, das mich irgendwie anzog. Ich konnte nicht den Finger drauflegen, aber die Vorstellung, mich Jake Mesa zu unterwerfen, war spannend. Er wusste definitiv, was er tat, und genau darum ging es mir doch, nicht wahr? Ein Mann, der wusste, wie man eine Frau anständig befriedigte, und der obendrein auch noch scharf aussah. Vielleicht war er nicht genau das, was ich gesucht hatte, aber er könnte das sein, was ich brauchte. Der Gedanke ließ mich erschauern. Ich war mir nicht sicher, ob das reine Erregung war oder auch ein wenig Angst.

„Tu, was du möchtest. Du weißt am besten, was für dich gut ist", meinte Samantha. „Aber ich möchte nicht, dass jemand dir wehtut. Ich kenne seine Vorgeschichte mit anderen Frauen, daher würde ich dir lieber raten, die Finger von ihm zu lassen. Er nimmt sie sich, genießt sie für eine Weile und dann schickt er sie weg. Ich möchte nicht, dass er dir wehtut."

Ich lächelte Sam warmherzig an. Ich war dankbar, dass sie sich um mich sorgte, aber ich konnte auf mich selbst aufpassen.

„Vielleicht will ich gar nicht mehr als nur das. Ein bisschen Spaß mit einem Typen, mit dem ich ansonsten keine Beziehung haben möchte." Ich stand auf und schaltete die Lampe neben mir aus. „Ich denke, ich gehe ins Bett."

„Vergiss deinen Vibrator nicht", rief Sam mir nach. „Er liegt auf dem Badezimmerschrank."

Ich lachte. „Danke, Sam."

Ich ging ins Bad, putzte mir die Zähne und machte mich fertig fürs Bett. Auf dem Weg in mein Zimmer nahm ich den Vibrator mit. Unsere Wohnung war winzig und ein wenig heruntergekommen, aber für uns beide war sie ideal. Und Sam störte es nicht, wenn sie durch die Zimmerwand meinen Vibrator brummen hörte.

Ich stellte das Gerät auf die niedrigste Stufe und legte mich auf die Kissen. Ich dachte an Jake und das Mädchen mit dem Diamant-Halsband. Sie hatte Spaß dabei gehabt. Es gab keinen Grund, warum ich ihn nicht anrufen sollte, um ähnlichen Spaß zu haben wie sie. Ich drehte das Gerät eine Stufe höher und stellte mir vor, wie er sich vor mich kniete und zwischen meine Schenkel abtauchte, um mit der Zunge meine Klitoris zu lecken. Mein Vibrator war kein Vergleich zu einer Zunge, das war mir klar, aber es war ausreichend. Ich malte mir aus, wie es wäre, das Mädchen zu sein, ein Halsband zu tragen, die Schenkel gespreizt, vor einem Mann wie Jake Mesa. Er war der Typ Mann, der genau wusste, was er wollte, und es sich einfach nahm. Die Frau hatte ihre Befriedigung gefunden, das war ihr anzusehen, als sie in den Hauptsaal des Clubs zurückkehrte.

Ich stellte den Vibrator noch höher, die Reibung ließ mich nach Luft schnappen. Warum sollte Jake Mesa nicht der Erste für mich sein? Diese Frage stellte ich mir, während ich den Vibrator gegen meine Klitoris drückte. Ich wollte doch nur gefickt werden, gut und hart. Zumindest das konnte ich sicher von ihm erwarten. Ich würde ihm eine Chance geben, dann würde man sehen, wohin es führte, mehr verlangte ich gar nicht. Also, warum nicht ein reicher Clubbesitzer? Ich wusste vielleicht nicht allzu viel über ihn, aber von dem, was ich bisher gesehen hatte, war anzunehmen, dass er ein solches Angebot nicht einfach ausschlagen würde.

„Fuck!", schrie ich und kam. Ich hielt den Vibrator fest an mich gedrückt und zog den Orgasmus in die Länge. Es war beinahe schmerzhaft, fast schon zu viel, aber ich wollte wissen, wie es sich anfühlte, jemanden zwischen den Schenkeln zu haben, der nicht aufhörte, selbst wenn ich schrie.

Endlich hörte ich doch auf und

lehnte mich entspannt zurück, vollkommen erschöpft und müde. Jake Mesa klang nach verdammt viel Spaß, aber war es das wert? Wollte ich mich dem Ego eines Alpha-Männchens ausliefern? Einem Mann, der dachte, er könnte alles haben, wenn er nur mit den Fingern schnippte? Ein wenig fand ich den Gedanken doch abstoßend. Die Typen in der Werkstatt wussten mein Interesse immerhin zu schätzen. Jake schien das irgendwie als gegeben vorauszusetzen. Wahrscheinlich hatte er stets die Aufmerksamkeit aller Frauen, denen er über den Weg lief, ohne dass er sich dafür je hätte anstrengen müssen.

Ich lächelte, als mir schließlich die Augen zufielen. Das hatten Jake Mesa und ich immerhin gemeinsam.

5

Am nächsten Morgen stand ich bei Sonnenaufgang bereits wieder in der Werkstatt. Dad kam die Treppe herunter und ging in den Pausenraum, um Kaffee zu kochen, so wie jeden Morgen. Rodrigo war bereits da und arbeitete an einem Wagen auf einer der Hebebühnen. Das war eine ziemliche Herausforderung, aber er hatte sich des Wagens angenommen, weil das Problem eines war, mit dem er reichlich Erfahrung hatte.

Ich hingegen konnte an nichts anderes denken, an den Anblick von Rodrigo in seinem engen weißen T-Shirt unter dem Overall, der bis zur Hüfte herunterhing. Er war muskulös und braungebrannt. Sein Anblick ließ mich die Lippen lecken. Es war inzwischen ein Jahr her, dass ich ihn aufgefordert hatte, mit nach oben in mein Zimmer zu kommen. Damals wohnte ich noch bei meinem Vater über der Werkstatt.

Bis zu dem Tag hatten wir höchstens mal ein wenig herumgemacht. Wir waren praktisch gleich alt und sind in dieselbe Klasse gegangen. Zwischen uns war immer etwas Unausgesprochenes gewesen. Als er anfing, für meinen Vater zu arbeiten, hatte ich versucht, das zu verdrängen. Es gab den gelegentlichen Handjob und Geknutsche hinter der Werkstatt, wann immer ich sicher sein konnte, dass Dad uns nicht erwischen würde. So ging das eine Weile und es war spaßig. Rodrigo wusste, dass mehr zwischen uns nicht laufen würde und das schien für ihn okay zu sein.

Es war ein kalter Tag im November gewesen und meine Geburtstagspläne beschränkten sich auf das Wochenende.

Mein Geburtstag war jedoch mitten in der Woche und ich wollte den irgendwie feiern. Ich hatte Rodrigo schon den ganzen Tag damit genervt, dass er mir etwas schenken oder etwas tun sollte, um den Tag zu etwas Besonderem zu machen. Aber er meinte, er würde seinen Lohn erst in der Woche drauf bekommen und hätte kein Geld, um mir Blumen zu kaufen. Und dann hatte er das Datum komplett vergessen. Ich sagte ihm, das wäre nicht schlimm und es gäbe ja andere Möglichkeiten. Nach der Arbeit, als mein Vater mit einem Wagen zu einem Kunden unterwegs war, sagte ich Rodrigo, ich hätte oben etwas, das ich ihm zeigen wollte. Also zerrte ich ihn die Treppe hinauf. Er wollte nicht so recht, da mein Dad ihm immer gesagt hatte, die Wohnung wäre tabu für ihn. Ich nahm an, mein Vater wusste schon immer, dass ich eine Schwäche für Rodrigo hatte. Oder er war einfach besorgt, dass ich mit irgendjemandem herummachte und unerwartet schwanger wurde. Aber das hatte ich keineswegs vor an meinem Geburtstag.

Mit einigem Gezerre und Gekicher bekam ich Rodrigo die Treppe hinauf. Als wir endlich allein waren, drängte ich ihn gegen die Wand und küsste ihn wild, um erst gar keine Zweifel aufkommen zu lassen, was ich von ihm wollte. Er war süß und ein bisschen schüchtern und wollte nichts tun, was ich später bereute. Aber ich sagte ihm, dass ich genau das an meinem Geburtstag wollte und sehr traurig wäre, wenn er es versauen würde.

Wir schafften es bis in mein Schlafzimmer und ich merkte, dass er immer noch unsicher war, ob er die Gelegenheit wirklich beim Schopf packen sollte.

„Hör zu", sagte ich, um ihn zu beruhigen. „Ich bin noch Jungfrau und daran möchte ich auch nichts ändern in nächster Zeit. Aber ich will, dass du mich leckst."

Das reichte. Binnen einer Sekunde lag ich auf dem Bett und er zog mir die Hose und die Unterwäsche aus und fing an, meinen Schritt zu küssen. Ich war mir nicht sicher, was ich erwartet hatte, aber jedenfalls nicht, dass er so enthusiastisch sein würde. Ich gewöhnte mich sehr schnell an das Gefühl und wir fanden einen Rhythmus. Es war toll und Rodrigo war längst wieder unten in der Werkstatt, als mein Vater nach Hause kam.

Ihn jetzt bei der Arbeit zu beobachten, weckte heiße Erinnerungen. Mehr hatte ich nie mit einem Mann getan. Allerdings nahm ich an, dass sich das in Kürze ändern würde. Bloß zwischen Rodrigo und mir würde nie mehr etwas laufen. Die Erinnerung war allerdings sehr angenehm.

Ich ging in den Pausenraum, wo mein Dad den Kaffee fertig hatte und uns beiden eine Tasse einschüttete. „Morgen."

„Wie läuft es so, Spatz?"

„Gut. Liegt heute viel an?"

Er schüttelte den Kopf. „Nein, aber ich würde gern etwas mit dir besprechen. Komm doch rüber in mein Büro."

Er gab mir die Tasse mit dem dampfenden Kaffee und ich folgte ihm in das kleine Büro. Darin befand sich ein Schreibtisch, sein Drehstuhl und zwei Besucherstühle auf der anderen Seite. Der Rest war vollgestopft mit Unterlagen, was jeden Feuerwehrmann in die Verzweiflung getrieben hätte, und sauber gemacht hatte er hier schon lange nicht mehr. Irgendwo in diesen Stapeln befanden sich Rechnungen und Lieferscheine, die älter waren als ich.

„Setz dich doch."

Ich setzte mich auf einen der Besucherstühle und schaute ihn abwartend an, während er mit einem Seufzer Platz nahm. Er wirkte ein wenig besorgt, als läge ihm etwas auf der Seele. Das passte gar nicht zu ihm. Wir standen uns sehr nahe, aber wir redeten selten über unsere Gefühle miteinander. Mein Vater war ein guter Mensch, ein bisschen altmodisch und zugeknöpft. Er wollte nicht, dass jemand seine Schwächen sah, erst recht nicht ich.

„Was gibt es?", fragte ich und bemühte mich um einen lockeren Ton, um ihn nicht noch nervöser zu machen.

„Nun, ich will direkt zur Sache kommen. Das Geld ist etwas knapp, seit die Kunden seltener zur Inspektion kommen. Um es genau zu sagen, ich glaube nicht, dass ich mir dauerhaft alle meine Angestellten leisten kann."

Das musste ich erst einmal verdauen. Natürlich war mir auch aufgefallen, dass weniger Kundschaft kam, aber es reichte, damit wir alle gut beschäftigt waren. An den Wochenenden war es weniger geworden, aber das empfand ich nicht als tragisch.

„Du hast doch nur noch mich, Rodrigo und George. Das sind nicht gerade viele Mitarbeiter."

Er nickte und seufzte erneut. „Ich weiß. Es sind gar nicht viele. Und ich wünschte, ich könnte alle weiterhin beschäftigen. Aber das geht nicht, Tay. Ich schaue auf die Bilanzen und sehe, dass es sich nicht mehr rechnet. Ich muss etwas unternehmen."

Auf einmal kam mir der Gedanke, dass mein Dad mich feuern würde.

„Warte, geht es um mich? Willst du mich entlassen?"

Er wirkte aufrichtig irritiert und schüttelte den Kopf. „Dich? Nein, natürlich nicht. Du bist meine beste Mitarbeiterin. Du bist jung und arbeitest ausgezeichnet. George kann ich auch nicht entlassen, er ist zwar der Älteste, aber doch immer noch jünger als ich selbst. Also bleibt mir nur, denjenigen zu entlassen, der als Letzter eingestellt wurde."

Und das war dann wohl Rodrigo. Ich drehte mich um und blickte durch das Fenster in die Werkstatt. Rodrigo schraubte noch an dem Wagen herum, mit dem er schon den ganzen Morgen beschäftigt war.

„Jesus, Dad. Das erscheint mir nicht fair ihm gegenüber. Er ist schon eine ganze Weile hier beschäftigt und ein sehr guter Mitarbeiter. Ich fände es schade, wenn er einfach so gehen müsste.

Können wir keine bessere Lösung finden?"

Mein Dad zuckte mit den Achseln und schüttelte den Kopf. „Ich habe mir die Bilanzen wieder und wieder angeschaut, um irgendwo Geld einsparen zu können. Aber mit der geringeren Anzahl an Aufträgen bringt das gar nichts. Ich weiß nicht, wovon ich ihn bezahlen soll. Ich kann ihm zwei Wochen Kündigungszeit einräumen, aber mehr auch nicht. Ich wünschte, ich könnte mehr tun, er war immer ein guter Mitarbeiter."

Ich nickte langsam und trank meinen Kaffee. Nachdem diese Bombe geplatzt war, verspürte ich nicht die geringste Lust, in die Werkstatt zu gehen und Rodrigo in die Augen zu sehen.

„Wann wirst du es ihm sagen?"

„Ich denke, je früher, desto besser, auch in seinem eigenen Interesse. Ich wollte es dir nur vorab mitteilen, damit du nicht überrascht bist. Er ist ein besonnener Kerl, ich denke nicht, dass er ausrasten wird."

„Wahrscheinlich nicht." Ich ging

davon aus, dass Rodrigo damit klarkommen würde, aber es war nie angenehm zu hören, dass man entlassen wurde. Ich hoffte, er würde es nicht zu schwer nehmen. Aber die nächsten zwei Wochen würden hart werden.

„Ist bei dir alles in Ordnung, Tay?", fragte mein Dad und blickte mich besorgt an.

Ich nickte und wischte die Frage beiseite, während ich bereits aufstand, um das Büro zu verlassen.

„Ja, alles gut. Ich mache mir nur Sorgen um ihn und auch um uns. Kann ich irgendetwas tun, um die Lage zu verbessern?"

Er schüttelte den Kopf. „Sei einfach weiterhin du selbst. Du machst deine Arbeit gut und ich wüsste nicht, wie ich ohne dich zurechtkäme. Danke, Tay."

Ich lächelte ihn an und verließ das Büro, ohne die Tür zu schließen. Dann machte ich mich an die Arbeit, an einem der Wagen, die draußen auf dem Hof standen, nahe genug beim Büro, um in Rufweite zu bleiben, aber weit genug weg, um den beiden genug Privatsphäre für das Gespräch zu lassen. Ich würde auch nicht wollen, dass jemand ein solches Gespräch mitbekam, und Rodrigos Stolz wollte ich erst recht nicht verletzen.

Das Gespräch musste aber besser gelaufen sein, als ich erwartet hatte, denn ich bemerkte bei Rodrigo keine Veränderung, bis wir abends die Werkstatt zumachten. Er kam zu mir und lächelte schwach, im Gegensatz zu seinem sonst üblichen breiten Grinsen.

„Hey, Tay." Er wirkte ein wenig verloren.

„Hey, Rodrigo." Ich lächelte ebenfalls.

„Ich nehme an, du weißt es?", fragte er ein wenig unsicher.

„Dad hat es mir gesagt. Es tut mir wirklich leid, Rodrigo. Ich wünschte, ich hätte eine andere Jobmöglichkeit, dann würde ich dir Platz machen, damit du bleiben kannst."

Er schüttelte den Kopf. „Machst du

Witze? Das ist doch dein Laden. Ich meine, er gehört natürlich deinem Vater, aber du musst hier bleiben. Eines Tages gehört er doch dir. Du musst weiter hart arbeiten, dann verstehst du irgendwann vielleicht mal etwas von Autos. Vielleicht wird sogar eine gute Mechanikerin aus dir."

Ich grinste über seinen Sarkasmus und freute mich, dass er darüber Witze machen konnte. Ich wischte mir die Hände ab und nahm ihn in den Arm.

„Du wirst mir fehlen", meinte ich und war erstaunt, wie aufrichtig ich es meinte.

„Du mir auch." Er lehnte sich zurück und schaute mich intensiv an. „Aber hey, da ich nun nicht mehr für deinen Vater arbeite …"

Ich schüttelte den Kopf. „Du bist unmöglich. Außerdem sind es noch zwei Wochen."

Nun war es an ihm, den Kopf zu schütteln. „Nein, ich habe ihm gesagt, dass ich dann lieber heute schon gehen würde. Ich muss mir so schnell wie möglich etwas Neues suchen."

„Verstehe ich. Aber wir bleiben in Kontakt, oder?"

Er lächelte. „Versprochen. Man sieht sich, Tay."

Er winkte mir zu und ich schaute ihm nach, als er zu seinem Truck hinüberging und wegfuhr. Dann ging ich ins Büro zu meinem Vater.

„Das war einfacher, als ich gedacht hatte", sagte ich beim Eintreten. Mein Vater hatte mich nicht kommen hören und blätterte hektisch in seinen Unterlagen. Er sah noch immer besorgt aus, aber ich nahm an, das kam von dem Stress, einen ausgezeichneten Mitarbeiter entlassen zu müssen.

„Was? Oh, ja. Er hat es recht gut aufgenommen. Das freut mich sehr. Ich hoffe, er findet schnell etwas Neues."

Ich sah meinem Dad zu, wie er in den Unterlagen auf dem Tisch herumsuchte. Er wirkte etwas abwesend.

„Suchst du etwas Bestimmtes, Dad?"

Er blickte auf und bemühte sich um

ein Lächeln. „Äh, nein. Nur ... der Laden ist furchtbar in Unordnung, nicht wahr? Ich sollte mich dringend daran machen, mehr Ordnung reinzubringen."

„Sollte ich deine Temperatur messen? Solche Sachen sagst du sonst nie."

Er lachte. „Die Menschen können sich ändern."

Ich nickte. Manchmal taten sie das, aber meistens eben nicht.

„Ich mache mich dann auf den Weg, um Sam abzuholen. Wir sehen uns morgen."

„Bis dann, Tay."

WIE AM VORABEND, verwendete ich einige Sorgfalt auf mein Aussehen und machte mich dann auf den Weg in die Stadt, um Sam abzuholen. Allerdings hatte ich dieses Mal vor allem Jake Mesa im Sinn, so wenig mir das auch gefiel. Der Typ hatte mein Interesse geweckt. Und selbst wenn ich nicht davon ausging, dass da etwas laufen würde, wollte ich doch gut aussehen, damit er sich wünschte, es würde etwas mit mir laufen. Ich könnte ihn dann abblitzen lassen. Etwas, das Mr. Mesa sicher nicht gewohnt war, falls es ihm überhaupt schon einmal widerfahren war.

Ich betrat die Bar wieder durch den Hintereingang. Heute trug ich ein rotes Kleid, dass meine Rundungen perfekt zur Geltung brachte und wenig der Fantasie überließ. Ich würde viel zu tun haben und vielleicht auch Celestes Hilfe brauchen, um mir die Typen vom Leib zu halten in diesem Kleid.

„Guten Abend", sagte ich und setzte mich an die Bar.

Celeste musste zweimal hinschauen. „Jesus, nicht, dass du gestern nicht auch umwerfend ausgesehen hättest, aber meine Güte, Mädchen. Du solltest unbedingt so tun, als wärst du mit jemandem hier, sonst lässt dich die Gruppe, die heute Abend da ist, keine Minute in Ruhe."

Ich lächelte sie an. „Kann ich ein Glas Weißwein haben? Pinot Grigio, wenn ihr den habt."

ENTJUNGFERT

Sie nickte. „Kein Problem."

Ich blickte mich im Hauptsaal des Clubs um. Unter der Woche waren genauso viele Mitglieder da wie am Wochenende, aber es wirkte alles ein wenig zahm heute Abend. Mit anderen Worten, niemand vögelte direkt auf der Tanzfläche.

„Hier ist dein Wein." Celeste stellte das Glas vor mir auf den Tresen. „Unser Bester. Ich hoffe, er schmeckt dir."

Ich ließ den Wein im Glas kreisen und trank einen Schluck. „Weißt du, ich verstehe nicht viel von Wein, aber ich mag den Geschmack. Und dieser ist fantastisch. Danke."

„Kein Ding. Im Ernst, du siehst hinreißend aus. Gibt es einen speziellen Grund, warum du dich so schick gemacht hast heute Abend? Mit dem Kleid wirst du eine Menge Aufmerksamkeit auf dich ziehen."

Ich zuckte mit den Schultern. „Kein spezieller Grund. Ich wollte mich einfach wie eine Frau fühlen. Ich verbringe den ganzen Tag in dreckigen Jeans, vollgeschmiert mit Öl. Manchmal vergesse ich, wie es sich anfühlt, sauber zu sein, Make-up zu tragen und das Haar nicht zu einem Zopf oder Knoten zusammenzubinden."

„Ich kann nicht behaupten zu wissen, wie sich das anfühlt, aber ich gebe dir prinzipiell recht. Andererseits kann ich dir versichern, dass dein Outfit von tagsüber eine Menge Tagträume von Lesben erfüllt." Sie lachte laut auf. „Ich darf das wohl so sagen."

Ich grinste und rollte mit den Augen. „Wie geht es Amber?"

Celeste strahlte noch mehr, als ihre Frau zur Sprache kam. „Unglaublich. Ich meine, ich dachte, ich könnte sie nicht noch mehr lieben, aber sie wird mit jedem Tag noch schöner. Und die Tatsache, dass sie dieses Kind in sich trägt … es haut mich irgendwie um, verstehst du?"

Ich nickte. Ich hatte mir nie Gedanken über Kinder gemacht, ich war zu jung dafür und der Zeitpunkt überhaupt nicht passend. Der Gedanke, einen anderen Menschen in mir wachsen zu fühlen war jenseits meiner Vorstellungskraft.

„Wie lange dauert es noch?"

„Zwei Monate." Sie holte ihr Handy aus der Tasche und öffnete die Fotogalerie. „Das ist das neueste Ultraschallbild. Früher hat es mich total genervt, wenn Leute solche Fotos in den sozialen Netzwerken geteilt haben, aber da es nun um mein Baby geht, sehe ich das total anders. Und hier, das ist der Beweis: Wir bekommen ein Mädchen!"

Ich lächelte und betrachtete das Sonografie-Bild. Es war ein Baby, keine Frage. Aber mehr konnte ich beim besten Willen nicht erkennen.

„Ich freue mich sehr für dich. Habt ihr schon einen Namen ausgesucht?"

Sie seufzte. „Ich hätte ein paar Ideen. Der Name meiner Mutter lautet Anita und den fände ich schön, ihr zu Ehren. Amber fände Bryn besser. Wir finden schon eine Lösung, aber wie die aussieht, kann ich im Moment noch nicht sagen."

In diesem Moment kam ein Mann in maßgeschneidertem Anzug an die Bar und setzte sich zwei Hocker weiter hin, lächelte mich an und ignorierte die Tatsache, dass ich mich mit Celeste unterhielt.

„Würde die Lady gern noch etwas trinken?", unterbrach er uns.

„Und hier ist der erste Wettbewerbsteilnehmer, Ladys und Gentlemen", flüsterte Celeste lächelnd und ging die Bar hinunter, um sich einem anderen Gast zu widmen.

6

„Erzähl mir von dir."
Der Typ an der Bar war näher herangekommen und sich neben mich gesetzt, sobald ihm klar war, dass meine Behauptung, ich warte auf meine Begleitung, nicht stimmte. Und er war nicht länger irgendein Typ an der Bar, sein Name war, Chadwick Fontaine, Erbe einer Seifendynastie. Ich mochte noch jung sein, aber ich war erfahren genug, um zu wissen, dass wenn ein Typ einem sofort unter die Nase reibt, wie viel er auf dem Konto hat, dann hat er sonst nichts Empfehlenswertes vorzuweisen.

„Tja, ich arbeite für meinen Vater und werde eines Tages das Familienunternehmen weiterführen. Einzelkind." Ich grinste, trank mein Glas aus und gestikulierte Celeste, mir nachzuschenken. Ich hatte mich entschlossen, die Sache richtig zu genießen, wenn ich schon hier an der Bar mit so einem Kerl festsaß.

„Ach, tatsächlich? Welche Branche?" Er war aufrichtig interessiert. Diese Typen wollten immer genau wissen, in was für eine Familie sie einheirateten. Man schaute ja auch Pferden ins Maul vor dem Kauf.

„Autos." Ich bemühte mich um einen gehobenen Ostküsten-Akzent.

„Import?"

Ich nickte und nippte an dem neuen Glas Wein. „Wir arbeiten überwiegend mit Importen, ja."

„Faszinierend. Es ist toll, dass du alles von deinem Vater lernen kannst. Ist schon klar, wann du die Firma übernehmen wirst?"

Ich blickte ihm fest in die Augen und

lächelte. „Nun, angesichts der Tatsache, dass ich gerade einmal 21 bin und mein Vater erst knapp über 50, gehe ich davon aus, dass es noch eine Weile dauern wird."

Der Mann war sichtlich irritiert, dass ich erst 21 war. Das war natürlich gelogen, ich war gerade erst 19, aber ich wollte nicht, dass er das wusste. Es hätte außerdem Celeste in Schwierigkeiten gebracht, weil sie mir Alkohol ausgeschenkt hatte. Wenn das die falsche Person erfuhr, würde das ausreichen, um den Laden zuzumachen. Ich wusste, dass ich älter aussah, als ich tatsächlich war. Es lag an meinem Körper und daran, dass ich mich etwas selbstbewusster zeigte, als die meisten Frauen in meinem Alter.

Nachdem er sich von diesem Schock erholt hatte, schien er schnell zu verstehen, dass es Vorteile haben konnte, sich mit einer 21-jährigen Frau an einer Bar zu unterhalten. Mit neuem Mut legte er mir einen Arm um die Schulter. Ich versuchte, ihn abzuschütteln, aber er zog mich nur noch fester an sich.

„Was soll das?"

„Ich komme dir etwas näher, Schätzchen." Er beugte sich vor, um mir ins Ohr zu flüstern. „Ich bin hier, um das zu tun, was alle anderen auch tun wollen. Und ich werde es mit dir tun. Ich konnte ja nicht ahnen, dass ich das Glück haben würde, ein Mädchen vom College zu ficken. Wieso gehen wir nicht in eines der privaten Zimmer? Möchtest du, dass ein zweites Mädchen mitmacht? Oder noch ein Mann? Vielleicht jemand, der uns zuschaut?"

Ich entzog mich seinem Griff und sprang von dem Barhocker.

„Fass mich ja nicht an!"

„Hey, was soll das denn jetzt?" Er warf die Arme in die Luft, als würde er genervt aufgeben.

Ich sah mich nach Celeste zur Unterstützung um, aber sie war am anderen Ende der Bar beschäftigt und konnte mich über den Lärm des Mixers und der Musik nicht hören.

Chadwick streckte erneut die Hand nach mir aus und ich wich ihm aus, wandte mich am, um zu verschwinden, und prallte direkt gegen eine solide Wand. Genauer gesagt gegen die Brust von Jake Mesa.

„Probleme?", fragte er. Sein Ton war ruhig und lässig, um zu signalisieren, dass, was auch immer gerade noch ein Problem war, nun keines mehr war.

Er geleitete mich zurück an die Bar. Chadwick musterte ihn voller Verachtung. Er hatte noch immer die Hände in der Luft und versuchte, das alles als Scherz abzutun.

„Hey, Kumpel, es gibt hier kein Problem. Meine Freundin und ich haben uns nur unterhalten."

Jake blickte auf mich herab. „Ist das dein Freund, Taylor?"

„Nein, ist er nicht." Ich warf Chadwick einen finsteren Blick zu.

„Sir, dürfte ich wohl Ihren Mitgliedsausweis sehen?", fragte Jake den Mann und Chadwick fummelte an seiner Brieftasche herum. Als Jake sie entgegennahm, warf er nicht einmal einen Blick darauf. „Sie wissen, dass Sie mit Ihrer Unterschrift einer Reihe von Regeln zugestimmt haben, ja?"

Der Mann nickte.

„Sie scheinen Probleme mit einer dieser Regeln zu haben, meiner Meinung nach ist es die wichtigste aller Regeln. Es geht um Zustimmung, es geht darum, sicher zu sein, dass die andere Person ebenso an den Aktivitäten interessiert ist, wie man selber. Diese Lady scheint Ihre Gesellschaft nicht zu begrüßen und dennoch drängen Sie sich ihr auf."

Jake hielt die Karte zwischen zwei Fingern und schaute sie genauer an.

„Dies ist eine Warnung. Normalerweise sind wir nicht so großzügig, aber ich will heute Abend mal nicht so sein. Wenn ich Sie noch ein einziges Mal dabei erwische, wie Sie gegen eine der Regeln verstoßen, dann werden Sie sich wünschen, niemals einen Fuß in dieses Etablissement gesetzt zu haben, verstanden?"

Chadwick wirkte tatsächlich eingeschüchtert und nickte. Jake schnippte die Karte in seine Richtung und der Mann suchte sie vom Boden auf.

„Ich halte es für das Beste, wenn Sie jetzt nach Hause gehen. Kommen Sie ein anderes Mal wieder, wenn Sie in angenehmerer Verfassung sind." Mit einem knappen Nicken holte Jake zwei Sicherheitsleute heran, die Chadwick Fontaine aus dem Gebäude eskortierten.

Ich sah zu ihm auf. Mir wurde bewusst, wie nervös mich die Annäherungsversuche des Mannes gemacht hatten, aber ich wollte mir nichts anmerken lassen.

„Wenn du mich entschuldigen würdest? Ich möchte nur sicherstellen, dass Mr. Fontaine unsere Regeln auch wirklich verstanden hat."

Jake folgte seinen beiden Sicherheitsleuten und ich wandte mich an Celeste, die fertig war mit Mixen und in meiner Nähe stand.

„Ich möchte nicht in dessen Haut stecken", murmelte sie.

„Kennst du ihn?"

Sie schüttelte den Kopf. „Sein Mitgliedsausweis sah eher danach aus, als wäre das hier nicht sein Stammlokal. Bestimmt ist er nur geschäftlich in der Stadt. Es ist unklug, Jake gegen sich aufzubringen. Er nimmt die Regeln sehr ernst, wie du ja gerade mitbekommen hast. Und die Sache mit der Zustimmung, das ist nun einmal ganz wichtig hier. Wenn die Leute sich nicht gegenseitig mit Respekt behandeln, dann funktioniert das nicht. Keiner der Besitzer würde so ein Verhalten dulden. Es ist der schnellste Weg, um Hausverbot zu bekommen. Nicht nur hier, sondern in allen Niederlassungen des Unternehmens. Den Typen sehen wir bestimmt nicht wieder."

Ich setzte mich wieder an die Bar, aber ich war ein wenig erschüttert. Ich wusste nicht, wann Samantha Feierabend hatte, aber ich hoffte, es würde nicht mehr allzu lange dauern. Ich wollte nur noch nach Hause, in mein kuscheliges Bett. Weg von hier.

Ein paar Minuten später bemerkte ich aus dem Augenwinkel eine Bewegung und sah, dass Jake zurückgekehrt war. Er zupfte sein Jackett gerade und blickte sich einmal im großen Saal um, dann sah er mich an.

„Du bist ja noch da", sagte er, offenbar ein wenig erstaunt.

Ich nickte. „Ich warte auf meine Freundin, um sie mit nach Hause zu nehmen."

Er lächelte liebenswürdig. „Ich möchte dir versichern, wie leid es mir tut, dass du in diesem Club so belästigt wurdest. So läuft das hier normalerweise nicht, ich hoffe, du lässt dir vom Verhalten eines Einzelnen den Spaß hier nicht verderben."

Ich schüttelte den Kopf. „Natürlich nicht." Wie konnte dieser Mann nur so scharf aussehen, selbst in so einer Situation?

„Darf ich dich auf einen Drink in mein Arbeitszimmer einladen? Betrachte es als eine Art Wiedergutmachung dafür, dass dir der Typ den Abend verderben wollte."

Ich hatte keine Ahnung, was plötzlich über mich kam. Wäre Samantha hier gewesen, hätte sie mich sofort in die andere Richtung geschoben, aber ich ertappte mich dabei, wie ich nickte und von meinem Hocker stieg.

„Das wäre nett", sagte ich lächelnd und folgte ihm von der Bar den Flur entlang, durch den ich am Abend zuvor gestolpert war, nachdem ich ihn in seinem Büro erwischt hatte. Er öffnete die Tür und bat mich hinein. Die Beleuchtung war anders dieses Mal, weniger gedimmt, aber dennoch recht stimmungsvoll, jedenfalls nicht für Büroarbeit geeignet.

„Bourbon?", fragte er und trat an die kleine Bar in der Ecke des Zimmers.

„Gerne. Mit Eis."

„Kommt sofort." Er hantierte gekonnt mit den Flaschen und ich fragte mich, ob er früher mal so etwas beruflich gemacht hatte.

„Danke", sagte ich, als er mir den

Drink reichte und sich ohne ein eigenes Getränk hinter seinen Schreibtisch setzte. „Trinkst du nichts?"

Er schüttelte den Kopf. „Nicht heute Abend, ich will später noch zum Sport."

Ich nippte an dem Bourbon. Er war gut, aber ich verstand nicht allzu viel davon, um wirklich schätzen zu können, was er mit da eingeschenkt hatte.

„Ist das nicht ein wenig spät für das Fitnessstudio?"

„Hast du denn noch nie etwas von den 24-Stunden-Studios gehört, Taylor?"

„Habe ich, ich dachte bloß, nach einem so langen Arbeitstag, würde man eher nach Hause gehen und sich entspannen wollen."

Er nickte. „Ja, das tue ich auch gelegentlich. Aber nicht heute. Wie ist der Bourbon?"

„Gut." Ich lächelte und nippte erneut daran.

„Tut mir leid, dass ich dir gestern keinen Drink angeboten habe. Hätte ich gewusst, dass du in mein Büro kommst, hätte ich dir gern etwas angeboten."

Ich hätte beinahe den Bourbon ausgespuckt, stattdessen erstickte ich beinahe an dem Schluck.

„Entschuldigung?", fragte ich, als ich wieder sprechen konnte.

„Als du gestern in mein Büro kamst, hatte ich gerade Besuch."

„Ich … ich weiß nicht, was ich sagen soll." Ich war schockiert. Ich wusste gar nicht, wo ich anfangen sollte oder wie ich ihn überzeugen sollte, dass es keineswegs Absicht gewesen war, als ich ihm dabei zusah, wie er Sex mit einer Frau in diesem Zimmer hatte.

„Nun, ich erwarte offen gesagt keine Entschuldigung von dir, ich meine, das passt irgendwie nicht zum Geist von Club V, nicht wahr? Die Leute kommen oft her, um zuzuschauen. Wusstest du das? Wir haben einige langjährige Mitglieder, die niemals jemanden anfassen, wenn sie herkommen. Ich finde das etwas seltsam, für mich wäre das nichts, aber wer bin ich, über die Vorlieben anderer Leute zu urteilen." Er grinste und lehnte sich in seinem Stuhl zurück. „Möchtest du mir von deinen Vorlieben erzählen?"

Ich blickte ihn skeptisch an und stellte das Glas auf den Tisch. Ich sollte besser nichts mehr trinken heute Abend.

„Zunächst einmal wüsste ich gern, woher du überhaupt weißt, dass ich hier war. Wenn du das wusstest, wieso hast du nichts gesagt?"

Er zuckte mit den Achseln. „Ich habe es erst später bemerkt, als ich mir die Videos der Überwachungskameras angeschaut habe. Schau, das Mädchen, das hier bei mir war ..., ich möchte nicht, dass jemand erfährt, dass sie bei mir war. Daher habe ich mir die Kamera-Aufzeichnungen vorgenommen. Ich sage dir das, damit du direkt verstehst, dass du diese Information mit niemandem teilen kannst, ohne dass du zugeben müsstest, dass du dich in mein Büro geschlichen hast. Ich habe dich auf Video, wie du reinkommst und dann fünf Minuten später wieder gehst. Das ist eine verdammt lange Zeit, um im Büro eines Fremden herumzustehen, meinst du nicht? Erst recht, wenn du keinen Grund hattest, dich dort aufzuhalten."

„Was hast du nun vor?" Ich bemühte mich um einen ruhigen Ton, um ihm nicht zu zeigen, wie entsetzt ich war. Ich war auf einmal sehr verängstigt. Niemand außer Celeste wusste, wo ich war. Das Büro lag ziemlich abseits vom Hauptsaal und ihm gehörte der Laden. Jake hatte ganz klar die Oberhand hier.

„Willst du mich erpressen? Das bringt dir leider gar nichts, ich besitze überhaupt kein Geld."

Er lachte laut auf. „Du denkst, ich will dein Geld? Nein, ich habe mehr Geld, als ich je brauche. Nein, Taylor Dawson, ich möchte wissen, wie du tickst. Ich möchte wissen, was du dachtest, als du letzte Nacht hier drin warst. Sei ehrlich. Wie war deine Reaktion? Du hast uns eine Weile zugeschaut. Was genau haben wir in der Zeit gemacht?

Du musst entschuldigen, ich war zu sehr beschäftigt."

Ich schluckte schwer. Er meinte das ernst. Ich war entschlossen, nicht zurückzuweichen und diese bizarre Herausforderung anzunehmen.

„Du hattest sie an den Stuhl gebunden. Dann hast du sie geleckt und sie bestraft, als sie dich mit Vornamen angeredet hat."

Er nickte. „Ah, ja. Sie war ein böses Mädchen, nicht wahr? Sag mal, Taylor …" Er beugte sich vor und sprach weiter. „Wie böse bist du denn? Ich denke, du bist so richtig böse. So böse, dass du ganz nass wurdest, als du uns beobachtet hast. Du hast es kaum ausgehalten, habe ich recht?"

Ich kochte innerlich. Seine frechen Fragen machten es nicht gerade einfacher für mich. Aber so verärgert und unsicher ich auch war, es machte mich auch an, hier bei ihm zu sein. Die Art, wie er über die Geschehnisse von letzter Nacht sprach, trug ebenfalls dazu bei, dass ich wie benommen war.

„Das war eine vollkommen normale Reaktion, wenn man zwei Leuten beim Vögeln zusieht. Ich hatte kurz zuvor noch mit Celeste darüber gesprochen, dass ich es nicht verstehen konnte, wie jemand hier einfach seiner Arbeit nachgehen kann, wenn um einen herum ständig gevögelt wird."

„Wieso? Weil du lieber dabei mitmachen möchtest? Ich auch. Das ist ein großartiger Nebeneffekt des Jobs hier."

Ich wollte nicht zugeben, dass er recht hatte. Vor allem aber wollte ich nicht mehr Persönliches preisgeben, als ich schon getan hatte. Er wusste längst viel zu viel über mich. Streng genommen war es gar nicht viel, aber ich fühlte mich von ihm durchschaut, mehr als von jedem anderen Menschen, aber er wollte immer noch mehr von mir hören.

„Was interessiert dich denn an Männern?" Er musterte mich. „Was erwartest du von einem Mann? Erzähl mir von deinen Ex-Freunden."

Er hatte mich auf dem falschen Fuß

erwischt und stürzte sich darauf. Ich wusste nicht, ob er es mir vom Gesicht ablesen konnte oder am Geruch erkannt hatte. Ich nahm nicht an, dass Celeste ihm etwas von mir erzählt hatte, aber so gut kannte ich sie nun auch wieder nicht. Vielleicht hörte sie sich in dieser Hinsicht sehr genau um. Jungfrauen mussten hier sicher sehr gefragt sein, aber ich bezweifelte doch, dass sie dieses Wissen mit ihrem Arbeitgeber geteilt hatte.

„Du hattest noch nie einen richtigen Freund, oder?" Seine Worte kamen langsam, wie geschmolzenes Karamell über einen saftigen, roten Apfel. „Nun, das überrascht mich. Normalerweise erkenne ich so etwas sofort. Nicht, dass du aussehen würdest, als wärst du schon ziemlich herumgekommen, aber du strahlst das Selbstbewusstsein aus, dass du weißt, was du von der Welt erwartest. Ich nehme an, du gehst einfach los und nimmst dir, was du willst, habe ich recht?"

Ich wählte meine Worte mit viel Bedacht. „Ich habe festgestellt, dass ich bekommen kann, was auch immer ich möchte, wenn ich meine Karten richtig ausspiele."

Die Antwort schien ihm zu gefallen. Er lächelte und nickte. „Das ist mal etwas anderes, Taylor Dawson."

Ich rollte mit den Augen und wünschte, ich könnte einfach gehen.

Jake stand plötzlich auf und holte einen Beutel aus der Ecke des Zimmers. „Ich hoffe, es stört dich nicht", sagte er und öffnete den Beutel. „Ich komme ungern zu spät zum Training. Ich ziehe mich schon mal schnell um, während wir noch reden."

„Ich denke nicht, dass es noch etwas zu besprechen gibt."

Er kicherte. „Wie fandest du sie?"

„Wen?"

„Das Mädchen, mit dem ich gestern hier drin war." Er legte das Jackett ab. Darunter trug er ein hautenges, schwarzes T-Shirt, unter dem sich deutlich seine Muskeln abzeichneten. Es war schwer, sich bei diesem Anblick auf seine Frage zu konzentrieren.

„Sie war sehr schön."

Er schaute mich aus schmalen Augen an. „Ist das alles?"

Ich versuchte, mich an das Mädchen zu erinnern. Allzu viel war mir an ihr nicht aufgefallen.

„Sie war groß."

Er nickte. „Du bist nicht so groß. 1,67 m?"

„Ja."

„Ich kann so etwas gut schätzen. Was den Rest angeht, ich hatte gestern nicht die Gelegenheit, dich genauer anzusehen, aber in dem Kleid heute …" Er stieß einen Pfiff aus. „Das Kleid ist Größe 36 und deine Körbchengröße 36C."

„Du bist widerlich", sagte ich, ohne nachzudenken.

Er starrte mich an, zog sich das Shirt über den Kopf und entblößte seinen muskulösen Oberkörper. Ich bemühte mich, nicht allzu beeindruckt auszusehen.

Aber er ließ mich nicht so leicht vom Haken. Er öffnete die Hose und schlüpfte hinaus. Ich schnappte nach Luft, als ich Jake nackt vor mir sah. Er war gebaut wie ein griechischer Gott. Er hatte angezogen schon gut ausgesehen, aber das raubte mir den Atem. Jesus! Mein Blick fiel auf eine Tätowierung auf der rechten Seite, ein Drachen, der sich über den Torso wand, bis hinunter zum rechten Oberschenkel. Das war beeindruckend. Darin war eine Menge Kunst und Arbeit geflossen. Der Typ war eindeutig aus einem ganz anderen Holz geschnitzt.

Wäre ich nicht längst feucht gewesen von seinen ständigen Neckereien, dann hätte ich mir jetzt das Höschen nass gemacht, angesichts des Anblicks, den er mir bot.

Seine Muskeln spannten sich, als er die Schultern straffte. Er schien sich zurückzuhalten. Aber wovon? Davon, über den Tisch zu springen und mir die Kleider vom Leib zu reißen? Der Gedanke allein brachte mich schon um den Verstand. Aber ich bemühte mich um ein ruhiges Äußeres. Ich würde nicht zulassen, dass dieser Typ die Oberhand gewann, selbst wenn ich ihn erregender fand als alles, was mir bisher begegnet war.

„Findest du mich immer noch widerlich?"

Ich biss mir auf die Lippen, um nicht zuzugeben, wie scharf ich ihn fand und wie viel Lust ich auf ihn hatte. Verdammt, ich wollte Jake so dringend. Ich musste es mir selber eingestehen, egal, was ich mir bisher eingeredet hatte. Ich wusste, er wäre nicht abgeneigt, es stand ihm ins Gesicht geschrieben. Und wenn ich mich ihm nun anbot, würde er mich im Leben nicht abweisen können. Es war offensichtlich, dass er es sehr genoss, die Macht zu haben und die Lage zu kontrollieren. Das gab mir ein ungutes Gefühl, denn ich wollte selber die Kontrolle haben. Der Gedanke, ihn auf den Tisch zu werfen und seinen Schwanz zu reiten, bis ich meinen Orgasmus herausschrie, ließ mich beinahe kommen und vom Stuhl kippen. Das würde ihm sicher gefallen, mich zum Höhepunkt zu bringen, allein von dem Gedanken, seinen dicken Schwanz in mir drin zu haben. Wäre es sehr unpassend, wenn ich ihn bitten würde, gleich hier und jetzt meine Unschuld zu nehmen?

Ziemlich unpassend, entschied ich, atmete tief durch und entspannte meine Nackenmuskeln. Ich hatte keine Ahnung, ob er sah, was mit mir los war. Sollte er Gedanken lesen können, wäre das ziemlich fies. Ein Teil von mir wünschte sich, er könnte es, dann würde er mich einfach schnappen und vögeln. Aber ein kleines Teufelchen flüsterte mir ein, dass ich mich ihm nicht wehrlos ergeben sollte. Vielleicht wollte ich mich ihm hingeben, aber Jake Mesa war im Leben nicht der Mann, den ich brauchte.

Nach einer gefühlten Ewigkeit zog Jake endlich seine Sportsachen an. Ich stand auf und wollte gehen. Er hielt mich fest und legte sanft eine Hand auf meine Schulter, eine Geste, mit der ich überhaupt nicht gerechnet hatte.

„Du musst keine Angst davor haben, dich gehenzulassen, Taylor. Es würde dir gefallen."

Ich entzog mich seiner Hand und öffnete die Tür. Jake mochte glauben, mich durchschaut zu haben, aber das war ganz und gar nicht der Fall.

7

*A*ls ich nach Hause kam, hatte ich eine Nachricht von meinem Vater, die besagte, ich bräuchte am nächsten Morgen nicht zur Arbeit kommen, da einige Kunden ihre Aufträge storniert hätten und er sich vor allem dem Papierkram widmen würde. Ich fand das zwar etwas seltsam, war aber nicht böse, dass ich ein wenig länger schlafen konnte. Der Bourbon war mir ziemlich zu Kopf gestiegen und ich war am Vorabend erleichtert in mein bequemes Bett gefallen, nachdem Sam uns beide nach Hause gefahren hatte. Chadwick Fontaine hatte ich schon beinahe komplett wieder vergessen, auch wenn unsere Begegnung an der Bar ziemlich nervig gewesen war. Ich konnte nur noch an einen nackten Jake Mesa denken. Das war an sich keine unangenehme Vorstellung, andererseits aber doch irgendwie. Er war nun in meinem Kopf und auch wenn er schön anzuschauen war, hätte ich ihn eigentlich lieber niemals mehr wiedergesehen.

Wie ich vermutet hatte, war der Kerl ziemlich frech und dachte, er würde immer bekommen, was er wollte. Bestimmt hat er sich einen drauf runtergeholt, mir all diese Dinge zu sagen und mich dazu zu bringen, dass ich zugebe, wie sehr es mich angemacht hat, ihn mit dem Mädchen in Aktion zu sehen. Natürlich hat es mich angemacht. Wen den nicht, bei so einem Anblick? Es war, als wäre man in einen echt heißen Porno gestolpert. Mir war klar, dass Jake es gern gehabt hätte, wenn ich mich einfach dazugesellt hätte, aber ich war nicht der Ansicht, dass mir das gefallen hätte.

Ich versuchte, Schlaf zu finden und

war dankbar, am nächsten Morgen nicht früh raus zu müssen. Aber die Ereignisse des Abends machten es schwer, zur Ruhe zu kommen, dabei hatte ich Schlaf dringend nötig. Als ich endlich einschlief, träumte ich seltsames Zeug. Erholsam war das alles nicht und ich erwachte am nächsten Morgen mit furchtbaren Kopfschmerzen. Ich würde in Zukunft definitiv auf Bourbon verzichten.

Samantha fand mich unter einer Decke auf der Couch um 11 Uhr morgens und war ein wenig besorgt.

„Bist du krank? Brütest du etwas aus?"

Ich schüttelte den Kopf. „Dad meinte, ich bräuchte heute nicht zur Arbeit kommen. Er hat mir gestern Abend noch eine Nachricht geschickt, ein Glück. Ich habe schlecht geschlafen und jetzt brummt mir der Schädel."

Ohne zu fragen, machte Sam mir eine Tasse Tee und brachte sie mir zur Couch.

„Danke, Sam. Tut mir leid, dass ich so neben der Spur bin."

„Willst du darüber reden?"

Ich zuckte mit den Schultern. „Ich wüsste nicht, was ich sagen sollte."

„Nun ja, du warst gestern auf dem Heimweg nicht gerade gesprächig. Und von Celeste und einigen anderen Kellern habe ich gehört, dass es einen Zwischenfall an der Bar gegeben hat."

Ich nickte. „Da war so ein Typ, einer der größten Idioten, die mir seit langer Zeit über den Weg gelaufen sind, und der hat mich angebaggert. Aber mein Nein hat er einfach ignoriert. Stattdessen wurde er immer zudringlicher. Er wollte mich überreden, mit ihm in eines der Zimmer zu gehen. Und er hat mich angefasst. Bevor die Szene noch unschöner werden konnte, kam Jake Mesa und hat sich der Sache angenommen. Er hat den Typen rausgeworfen und mich dann auf einen Drink in sein Büro eingeladen."

„Sag mir bitte, dass du nicht mitgegangen bist."

„Doch, bin ich." Ich seufzte.

„Und?"

„Und ich denke, dass alles, was du

mir über ihn erzählt hast, den Tatsachen entspricht. Mach dir keine Sorgen, ich werde meine Zeit nicht mit ihm vergeuden. Er ist auch gar nicht mein Typ. Es würde übel ausgehen, denke ich."

Sie runzelte die Stirn. „Ich weiß nicht, was ich sagen soll. Es ist nicht schön, dass du so eine Erfahrung machen musstest, aber immerhin hast du dadurch eine Seite von Jake kennengelernt, die dich abschreckt. Ich möchte einfach nicht, dass du verletzt wirst."

„Das ist noch nicht alles", sagte ich und pustete über meinen Tee.

„Was noch?"

„Er weiß, dass ich in seinem Büro war. Er hat mich auf dem Video der Überwachungskamera gesehen."

Samantha wurde blass. „Du machst doch hoffentlich Witze! Er hat dich gesehen? Was hat er gesagt? War er wütend?"

„Ich denke nicht, dass wütend es richtig beschreibt. Er war eher interessiert. Ich glaube, er ist ein bisschen pervers, was ja irgendwie naheliegend war.

Er hat mich gefragt, wie ich mich gefühlt habe, ihn zu sehen. Er war ziemlich hartnäckig mit seinen Fragen, aber ich habe mich sehr zurückgehalten. Ich wollte einfach nur da raus, dich einsammeln und nach Hause. Ich weiß auch nicht, ob ich jemals wieder dahin möchte. Ich will ihn jedenfalls nicht noch einmal sehen. Nicht nach letzter Nacht."

„Ist das alles? Er hat nichts versucht, oder?"

„Nein." Ich schüttelte den Kopf. „Er hat sich direkt vor meinen Augen ausgezogen, um sich für das Fitnessstudio umzuziehen, aber er hat nichts versucht." Ich erwähnte nicht den Ausdruck in seinen Augen, der eindeutig besagte, dass Jake Mesa sehr gerne etwas mit mir versucht hätte. Nicht nur irgendetwas, sondern alles. Und erst recht würde ich nicht erwähnen, dass ich in dem Moment sehr gierig darauf war.

Sie verzog das Gesicht. „Wie krass. Vielleicht solltest du wirklich eine Weile nicht hingehen. Ich kann auch anders nach Hause kommen, kein Problem. Du hast auf deine Freizeit verzichtet, um mich abzuholen, das war nicht nötig. Wenn du eine Weil fernbleibst, wendet er seine Interessen anderen Leuten zu und vergisst dich. Er hat von dir keine Kontaktdaten, oder?"

Ich schüttelte den Kopf. „Nein, meines Wissens habe ich ihm nichts von mir gegeben. Aber, Sam, der Mann ist Milliardär. Der kann mich ausfindig machen, wenn er unbedingt will."

Sie zuckte mit den Achseln. „Mag sein. Aber eines weiß ich gewiss: Die nehmen ihre eigenen Regeln sehr ernst. Er hat gesehen, dass dir jemand zu nahe getreten ist und hat sich eingemischt. Ich bin froh, dass er den Typen rausgeworfen hat. Aber ich will auch nicht verhehlen, dass all das, was er selber anschließend gesagt oder getan hat, ziemlich unangemessen war. Dennoch freut es mich, dass er vorher das Richtige getan hat."

„Da magst du recht haben."

„Was macht der Brummschädel?"

„Wird besser. Ich denke, heute Nachmittag kann ich zur Arbeit gehen. Ich weiß, mein Dad hat gesagt, ich bräuchte heute nicht kommen, aber da er gestern Rodrigo entlassen musste, kann er vielleicht Hilfe gebrauchen. Auf jeden Fall würde es mir helfen, auf andere Gedanken zu kommen."

Sam lächelte. „Was auch immer du für das Richtige hältst. Lass es mich wissen, wenn ich dir irgendwie helfen kann. Und heute Abend brauchst du mich wirklich nicht abzuholen, ich finde eine andere Mitfahrgelegenheit. Du musst Jake Mesa nie wieder begegnen."

Als ich an der Werkstatt ankam, war es bereits kurz vor fünf. Ich wusste nicht, ob mein Dad noch da war, aber ich war ziemlich erstaunt, auf dem Hof zwei schwarze Cadillacs zu sehen. Die sahen nicht so aus, als müssten sie repariert werden. Sie sahen absolut identisch aus, was mich erst recht irritierte. Anstatt durch das große Tor vorne reinzugehen, wie ich sonst immer tat, ging ich um die Werkstatt herum, mit der Absicht, zunächst nach oben in Dads Wohnung zu gehen, um zu schauen, ob er da war.

Ich hörte laute Stimmen, sobald ich die Werkstatt betrat. Ich blieb stehen und war sofort alarmiert. Es wäre nicht klug gewesen, sofort loszulaufen, solange ich nicht wusste, was vor sich ging. Falls das Einbrecher waren, sollte ich mich besser fernhalten. Ich holte mein Handy heraus, um im Ernstfall schnell die Polizei rufen zu können. Rückblickend wünschte ich, ich hätte die Nummer sofort gewählt.

Ich bekam ein paar Wortfetzen mit. „Hör zu, alter Mann" und „wir meinen es dieses Mal ernst."

Dad. Mein Dad war da drin. Erschrocken stolperte ich gegen einen Stapel Reifen, der daraufhin lautstark umkippte. Natürlich hörten die Männer im Büro den Lärm und kamen herausgelaufen. Sechs Leute liefen aus der Werkstatt raus, sprangen in ihre Wagen und verschwanden. Ich war erleichtert, dass sie so sehr erschrocken waren, dass sie gleich abhauten, aber ich machte mir noch immer Sorgen um meinen Vater, also rannte ich zu seinem Büro. Erst sah ich ihn gar nicht, aber dann fand ich ihn auf dem Fußboden zusammengerollt hinter dem Schreibtisch.

„Dad!", schrie ich. „Was ist passiert? Ist alles in Ordnung? Soll ich die Polizei rufen? Haben diese Typen dich überfallen?"

Mir war klar, dass das zu viele Fragen auf einmal waren und er war nicht in der Lage, überhaupt zu antworten. Zunächst ging es mir darum, festzustellen, ob er verletzt war. Auf den ersten Blick schien er nur kleine Blessuren zu haben. Sie hatten ihn nicht getreten oder sonst irgendetwas getan, was innere Blutungen verursachen konnte. Ich half ihm auf den Stuhl und setzte mich zu ihm.

„Dad, soll ich die Polizei rufen?"

Er schüttelte den Kopf. „Bitte nicht die Polizei. Wir dürfen die nicht da mit reinziehen. Das macht es nur noch schlimmer. Mehr kann ich nicht verkraften."

„Ich finde, es sieht schon ziemlich schlimm aus. Was wollten die denn von dir?"

Mir wurde klar, dass er mir etwas verheimlicht hatte, und zwar schon eine ganze Weile lang. Sein seltsames Verhalten, was die Buchhaltung anging, ergab auf einmal viel mehr Sinn.

„Komm schon, Dad. Du kannst es mir ruhig sagen."

Er schüttelte den Kopf. „Ich schäme mich so, Tay."

„Sag es mir einfach. Dann finden wir gemeinsam eine Lösung."

„Ich befürchte, dafür ist es zu spät. Ich habe die Hypotheken nicht rechtzeitig abbezahlt und wollte dafür eine Lösung finden. Einer der Männer, mit denen ich Karten spiele, hat mir von so Typen erzählt, die Sportwetten annehmen. Ich kannte diese Leute nicht. Ich wusste, nicht, wie mächtig die sind. Ich habe ein paar schlechte Wetten abgegeben und bin ihnen Geld schuldig geblieben. Inzwischen ist es mehr, als ich je zurückzahlen könnte. Ich dachte, wenn ich Rodrigo entlasse, dann würde ich etwas Geld sparen können, aber es reicht noch lange nicht. Sie waren heute hier, um mich daran zu erinnern, dass sie das Geld wiederhaben wollen. Die Schläge waren für nicht geleistete Rückzahlungen."

„Fuck!" Mein Dad hasste es zwar, wenn ich fluchte, aber er nahm es nicht einmal wahr.

„Die verstehen keinen Spaß, Tay. Es tut mir so leid. Wir werden deswegen die Werkstatt verlieren. Sie werden sie mir wegnehmen, weil ich die Schulden nicht bezahlen kann. Es ist einfach zu viel. Das war es von Anfang an, schon allein mit den Hypotheken. Aber jetzt erst recht. Ich kann das Geld im Leben nicht aufbringen. Die meinen es wirklich ernst, Tay. Wirklich. Beim nächsten Mal machen sie ernst. Dann darfst du nicht hier sein."

„Das ist Erpressung. Sie können nicht einfach herkommen und uns die

Werkstatt wegnehmen. Die gehört mir doch auch. Wir sind eine Familie und lösen das Problem gemeinsam."

„Das ist aber noch nicht alles", sagte er mit einem Seufzer, der sehr hoffnungslos klang.

„Was? Was denn noch?"

„Sie werden uns nicht nur die Werkstatt wegnehmen. Wenn ich das Geld nicht aufbringe, werden sie mich umbringen. Sie verscharren mich irgendwo, Tay. Ich möchte, dass du dich von hier fernhältst. Wenn sie herausfinden, dass du zur Werkstatt gehörst, dann werden sie dir auch etwas antun." Er nahm mich fest in dir Arme. „Ich kann das nicht zulassen, dass sie dir wehtun. Wenn sie erfahren, dass es dich gibt, bist du in Gefahr. Bitte, halt dich einfach fern von der Werkstatt. Ich kann nicht zulassen, dass du da mit reingerätst."

Ich atmete tief durch und löste mich aus der Umarmung meines Vaters. Ich hatte keine Ahnung, wer diese Schurken waren, aber sie hatten sich mit den falschen Leuten angelegt. Sie würden nicht einfach herkommen, meinen Vater bedrohen und uns das Geschäft wegnehmen.

„Wie viel schuldest du ihnen denn?"

„Hundert Riesen."

Ich atmete geräuschvoll aus. „Okay. Das ist eine Menge Geld. Aber uns fällt schon etwas ein. Vielleicht kann man Raten mit ihnen vereinbaren."

Mein Dad packte meinen Arm und drückte ihn fest. „Tay, der Zug ist abgefahren. In zwei Wochen sind die hundert Riesen fällig oder es ist alles aus."

Nachdem ich sicher sein konnte, dass mein Dad wenigstens körperlich einigermaßen okay war, wenn schon nicht seelisch, ließ ich ihn in seiner Wohnung zurück und achtete darauf, die Tür hinter mir gut zu verschließen. Er hatte recht, wir konnten die Polizei nicht verständigen, wenn wir nicht noch die Mafia am Hals haben wollten. Oder mit wem auch immer diese Typen kooperierten.

Ich war unsicher, wie es nun weitergehen sollte. Aber ich sprang ins Auto und fuhr los. Ich musste an meine Mutter denken, die bei meiner Geburt gestorben war. Ich hatte sie nie kennengelernt, aber ich fragte mich in diesem Moment, was sie wohl von mir erwartet hätte, um Dad zu helfen. Vielleicht hätte sie mir geraten, ihm die Sache zu überlassen. Wie hatte er sich überhaupt auf einen Deal mit solchen Kriminellen einlassen können? Vielleicht hatte er es anfangs nicht gewusst, aber jedes Kind wusste doch eigentlich, dass hohe Sportwetten grundsätzlich nicht besonders legal sein konnten. Er hatte es sich selbst zuzuschreiben, dass er nun in dieser Lage war.

Aber er war mein Dad. Ich konnte doch nicht einfach zusehen. Er hatte immer hart gearbeitet, die Werkstatt allein aufgebaut. Sie war wie ein zweites Kind für ihn. Sie war alles, was er mir hinterlassen würde. Es war mir nicht wichtig, die Werkstatt irgendwann einmal zu erben. Viel wichtiger war es, ihm zu helfen. Es war eine Sache, unser Geschäft zu bedrohen, aber gleich sein Leben? Die konnten doch nicht ernsthaft glauben, dass sie damit durchkommen würden.

Ich raste zum Club V, allerdings war ich mir nicht ganz sicher, warum eigentlich. Vielleicht half es, mit Sam darüber zu reden. Sie war meine beste Freundin und Vertraute. Ich wollte sie damit eigentlich nicht bei der Arbeit belästigen, aber ich brauchte sie jetzt. Ich brauchte ihre Unterstützung, ihre Ruhe und ihren gesunden Menschenverstand. Sie würde eine Idee haben, was man machen konnte. Oder sie würde mir wenigstens auf die Schulter klopfen und versichern, dass alles schon wieder in Ordnung käme.

Wenn gar nichts anderes ging, würde ich doch noch zur Polizei gehen. Wenn das die einzige Möglichkeit war, zu verhindern, dass meinem Vater wehgetan wurde, dann musste es eben so sein. Vielleicht musste mein Vater dann ins Gefängnis, vielleicht würde man ihm die

Werkstatt wegnehmen, aber ich würde nicht zulassen, dass diese Leute ihn töteten.

Ich rannte durch den Hintereingang und wurde erst langsamer, als ich mich der Bar näherte. Ich hatte Sam eine Nachricht geschickt, dass ich kommen würde und sie erwartete mich bereits. Mit einer Geste bedeutete sie mir, neben ihr Platz zu nehmen.

„Ich habe etwas Zeit. Es ist noch nicht viel los und ich werde momentan noch nicht gebraucht. Was ist passiert?"

Alles sprudelte aus mir heraus. Sam war ebenso entsetzt wie ich, aber sie bemühte sich, die Ruhe zu bewahren, damit ich nicht noch hysterischer wurde. Celeste beobachtete uns vom anderen Ende der Bar, ließ uns aber in Ruhe.

„Okay, denken wir doch mal in Ruhe drüber nach. Welche Möglichkeiten gibt es?"

Ich zuckte mit den Schultern, ratlos. Es gab keine Möglichkeiten.

„Nun, du könntest zur Polizei gehen, was du offenbar aber nicht möchtest, also schieben wir das auf der Liste erst einmal weiter nach unten. Ich glaube nicht, dass du diese Typen ohne fremde Hilfe loswirst. Die einfachste Lösung wäre natürlich, wenn du rechtzeitig das Geld aufbringen könntest."

Ich schaute sie mit verheulten Augen an. „Wir reden von 100.000 Dollar in zwei Wochen. Wo in aller Welt soll ich denn in der kurzen Zeit so viel Kohle herkriegen?"

„Taylor", sagte Jake Mesa sanft. Er stand direkt hinter mir an der Bar. Ich hatte keine Ahnung, wie lange er dort schon gestanden hatte, ich hatte ihn nicht kommen gehört, aber er hatte sicher lange genug dagestanden, um Teile unseres Gesprächs mitzubekommen. Ich war nicht gerade erfreut, ihm jetzt zu begegnen.

„Was?", fragte ich patzig.

„Ich denke, ich könnte dir helfen."

8

Ich setzte mich ihm gegenüber an seinen Schreibtisch, wo ich auch schon am Vorabend gesessen hatte. Drei Nächte hintereinander hatte ich in diesem Büro gestanden. Ich war nicht gerade erpicht auf das Gespräch, was mir nun bevorstand.

„Kann ich dir etwas zu trinken anbieten?"

„Danke, nein." Ich wollte keinesfalls die Bourbon-Erfahrung wiederholen. „Ich hätte gern lieber einen klaren Kopf, bis ich weiß, warum ich hier bin. Wie kommst du darauf, dass du mir helfen könntest?"

„Ich hatte nicht die Absicht, euch zu belauschen. Um die Wahrheit zu sagen, hatte ich nicht damit gerechnet, dich heute hier zu sehen nach letzter Nacht. Ich war angenehm überrascht, dich an der Bar zu entdecken, als ich den Hauptsaal betrat. Ich habe gehört, was du deiner Freundin erzählt hast, aber ich möchte dich bitten, es mir noch einmal zu erklären."

Ich seufzte. „Ich arbeite in der Werkstatt meines Vaters, ich bin Automechanikerin." Ich hatte dein Eindruck sein Gesicht verspannte sich bei diesen Worten, aber ich redete weiter. „Als ich heute Nachmittag in die Werkstatt kam, war mein Vater auch da. Er war zusammengeschlagen worden, von ein paar Schurken, die ich verdrückten, als ich ankam. Dad war mit den Hypotheken in Verzug geraten und hatte gedacht, er könnte das mit Sportwetten ausgleichen. Die Typen wollten seine Schulden eintreiben, im Auftrag für wen auch immer. Ich denke, sie wollten heute nicht das Geld abholen, sondern ihn nur warnen, dass er es in zwei Wochen haben müsste."

„Und von welcher Summe war doch gleich die Rede?"

„Hunderttausend."

Jake schrieb sich etwas auf und betrachtete es. Es sah aus, als würde er etwas rechnen, dann klappte er den kleinen Notizblock zu und steckte ihn in die Innentasche seines Blazers.

„Okay, ich denke, wir könnten eine Lösung finden."

„Wie meinst du das? Ich werde nicht hier für dich arbeiten. Celeste hat mir das schon vorgeschlagen, aber das ist nichts für mich, erst recht nicht nach der Erfahrung gestern mit diesem Typen. Ich kann auf mich selbst aufpassen, aber ich muss mich auch nicht freiwillig in die Schusslinie stellen, wo solche Typen an der Tagesordnung sind."

Jake schüttelte den Kopf. „Nein, das war auch nicht mein Vorschlag. Und ich bin deiner Meinung. Es ist keineswegs so, dass ich die Mitarbeiter hier nicht würdige und schätze, aber ich glaube nicht, dass das eine Arbeit für dich wäre. Du bist etwas Besonderes, Taylor. Weißt du das?"

Ich musterte ihn skeptisch. „Ich habe keine Ahnung, worauf du hinauswillst. Komm doch einfach zum Punkt, sonst gehe ich direkt wieder. Ich habe auch so genug um die Ohren, da muss ich nicht noch Rätselraten mit dir spielen, ob du nun helfen willst oder nicht. Im Augenblick bezweifle ich das nämlich. Ich hätte also Wichtigeres zu tun."

Er nickte. „Du bist eine Geschäftsfrau, das weiß ich zu schätzen. Du willst den Deal auf dem Tisch haben. Na schön." Er holte ein Scheckbuch aus der Schublade. „Ich kann dir einen Scheck über die erforderliche Summe ausstellen. Ohne Fragen zu stellen. Du hast mir genug erzählt und ich glaube dir. Du wärst nicht in diesem aufgelösten Zustand, wenn es nicht stimmte.

Zum ersten Mal wurde mir bewusst, was ich anhatte. Ich blickte an mir herab. Ölverschmierte Jeans und ein altes T-Shirt. So war ich in diesen Club gekommen. Es passte wie angegossen und für eine Schrauberin sah ich bestimmt ziemlich gut aus, aber das war immerhin der Club V.

„Wo ist der Haken?" Ich wusste es besser, als zu glauben, dass er mir einfach aus Freundlichkeit den Scheck geben würde.

„Kein Haken. Ein Geschäft. Ich möchte dir einen Deal vorschlagen, Taylor. Ich gebe dir 100.000 Dollar und bekomme dafür dich."

„Mich?" Ich legte mir die Hand auf die Brust. „Was solltest du …?"

Dann wurde mir klar, was er meinte. Er wollte mich. Er wollte mich haben. Vor zwei Tagen wäre das noch interessant gewesen, als ich hier stand und ihn dabei beobachtete, wie er eine andere Frau befriedigte. Aber jetzt klang es weitaus weniger aufregend.

„Bevor du mein Angebot ablehnst, hör mich an. Ich weiß nicht, was du für Gerüchte über mich gehört hast. Es dürften eine Menge davon über mich im Umlauf sein, über meine Vorlieben und solche Dinge. Aber ich verspreche dir, dass es sich nicht wirklich von dem unterscheidet, was die meisten Männer mögen, denen du auf der Straße begegnest."

„Ich begegne nicht vielen Männern auf der Straße."

Er grinste. „Und das macht dich so wertvoll. Ich habe nicht oft die Gelegenheit, eine Jungfrau zu bekommen. Ich kann nicht behaupten, dass ich sehr großen Wert darauf lege, aber hin und wieder genieße ich sie. Und du siehst aus, als könnte man viel Spaß mit dir haben. Sei versichert, dass es mir nicht nur um deinen Körper geht. Dein Verstand fasziniert mich auch. Ich möchte dich verstehen, dich kennenlernen. Aber ich möchte, dass du dich mir aus freien Stücken hingibst. Das wird keine Sklavennummer, in die du dich verkaufst. Ich möchte, dass du dich frei entscheidest. Ich werde das in dem Vertrag sehr deutlich machen, wenn du ihn unterschreibst. Du wirst vorher ganz genau wissen, worauf du dich einlässt. Wenn du es tust, kannst du deinen Vater retten und das Geschäft, womit auch für deine eigene Zukunft gesorgt wäre."

Meine Gedanken rasten. Ich versuchte, mich zu sammeln und den Überblick zu behalten, aber es war alles ein bisschen zu viel für mich.

„Du redest von Prostitution."

Er schüttelte den Kopf. „Tue ich nicht. Ich rede von einem Austausch von Geschenken zwischen zwei Menschen. Ich schenke dir Geld. Du schenkst mir deine Gesellschaft in meiner Wohnung für zwei Monate."

„Zwei Monate? Du machst Witze. Ich will nicht einmal zwei Minuten mit dir verbringen, erst recht keine zwei Monate." Das war gelogen und ich wusste es in derselben Sekunde, als ich es ausgesprochen hatte. Er wusste es ebenfalls, aber er riss sich zusammen. Wie konnte er nur wissen, welche Wirkung er auf mich hatte? War er es gewohnt, dass Frauen immer so auf ihn reagierten?

„Ich mache keine Witze. Ich bin überzeugt, du wirst letztendlich sehr zufrieden mit dem Arrangement sein, nein, ich kann es dir sogar garantieren. Ich betrachte es als meine Aufgabe für die nächsten zwei Monate, dir Lust zu bereiten, wie du es noch nie zuvor erlebt hast. Es gibt nur eine Bedingung."

„Und die wäre?"

Jake wurde ernst. „Du musst dich mir vollständig ausliefern. Was auch immer ich verlange, wirst du tun. Alles wird im Vorfeld abgesprochen, es wird also keine bösen Überraschungen geben. Aber in dem Moment, wenn ich es dir befehle, etwas zu tun, dann musst du es tun. Ich möchte dir beibringen, dich wirklich zu unterwerfen, damit du erfährst, wie es sich anfühlt, sich jemandem ganz und gar hinzugeben. Jemandem zu gestatten, über dich zu bestimmen und zu verfügen."

In mir breitete sich ein seltsames Gefühl aus. Ich war wütend und erregt, angewidert und fasziniert. Aber seltsamerweise war es vor allem Vertrauen, was ich empfand, wenn ich in seine Augen schaute. Was auch immer er war, ein Lügner war er nicht. Ich konnte die Wahrheit in seinen Augen sehen und wusste, dass ich ihm vollkommen vertrauen konnte. Die Vorstellung, mich jemandem auszuliefern, damit er mich für seine Lust benutzen konnte, war eigentlich widerlich. Und dann auch noch für zwei Monate? Ich hatte keine Ahnung, wie ich das überstehen sollte. Aber er würde mir nicht wehtun. Er würde mir befehlen und auf mich achtgeben, er würde wieder und wieder nehmen, bis ich nicht mehr wusste, wo ich war. Das alles war in seinem Blick zu lesen. Und noch bevor ich meine Meinung ändern konnte, fragte ich ihn, wo ich unterschreiben sollte.

JAKE MESA BESORGTE das Bargeld und ließ es meinem Vater per Bote zukommen. Ich sagte ihm, er sollte keine Fragen stellen, dass ich jemanden kannte, der ein paar Fäden zog, und dass ich zwei Monate Urlaub von der Werkstatt brauchte. Mein Vater, der mir mehr vertraute als sonst jemandem auf der Welt, nickte und ließ mich gehen. Er war im Reinen, die Schulden waren beglichen. Wir würden uns noch immer mit der Hypothek befassen müssen, aber immerhin waren wir die kriminellen Typen los. Nun war es an mir, meinen Teil der Abmachung einzuhalten.

Ich erzählte Sam von dem Deal und nahm ihr den heiligen Eid ab, dass sie mit niemandem darüber reden durfte. Sie hatte Angst um mich, da sie einiges über Jake gehört hatte, aber ich bemühte mich, sie zu beruhigen.

„Ich bin nicht so bescheuert, anzunehmen, dass er mich liebt oder so. Ich glaube, er will mir wirklich einfach nur zeigen, wie befriedigend es sein kann, sich jemandem zu unterwerfen. Ich weiß, für mich ist das eigentlich nichts, aber es sind ja nur zwei Monate. Solange kann man das schon aushalten, nicht wahr?"

Sam zuckte mit den Schultern und half mir packen. Jake hatte mir eine Liste mitgegeben, mit allem, was ich mitbringen sollte, aber er meinte, ich sollte mir darum keinen Kopf machen, denn das meiste, was ich bräuchte, wäre schon im Haus.

„Denk immer daran, ich bin nur einen Anruf entfernt. Wenn es zu schräg wird, dann ruf mich bitte an."

Ich nickte und versuchte, ihr die Sorge zu nehmen. „Solange du meinem Vater nicht sagst, wo ich bin. Er stellt keine Fragen, ich glaube, er sorgt sich, von wem ich das Geld bekommen habe. Er denkt bestimmt, ich kooperiere jetzt mit der Mafia."

Samantha lachte verunsichert auf und packte die restlichen Sachen ein. Kurze Zeit später kam ein Wagen und ich verabschiedete mich von ihr. Dann wurde ich zu Jake gebracht.

Sein Stadthaus befand sich in einer von Bäumen gesäumten Straße, wie man sie oft in Filmen über New York sah. Sie war malerisch, die Art Straße, wo man seine Familie unterbrachte, wenn man stinkreich war. Und genau das war Jake, das wusste ich. Abgesehen davon, wusste ich herzlich wenig über den Mann.

Zu meinem Erstaunen öffnete er mir persönlich die Tür und bat mich ins Haus. Das irritierte mich auf unangenehme Weise. Aus irgendeinem Grund hatte ich angenommen, dass Personal anwesend sein würde und ich ihn erst später am Tag sehen würde.

„Ich hatte auch mal Anspruch auf ein wenig Urlaub", sagte er, als hätte er meine Gedanken gelesen. Er schloss die Tür hinter mir und ich bemerkte, wie dunkel der Eingang war. Die Vorhänge waren zugezogen, die Farben waren ebenfalls dunkel gehalten.

Ich sah ihn an, er war gekleidet wie immer, nur ohne Jackett. Er trug eine Jeans, die seinen perfekten Hintern zur Geltung brachte, und ein weißes T-Shirt. Mit so einem Mann wäre ich in der Highschool gern ausgegangen.

„Kommen wir zum Thema", sagte er. „Als Erstes musst du dich ausziehen."

Ich starrte ihn mit offenem Mund an. Aber dann dachte ich an all das, was ich vertraglich zugesichert hatte. Also zog ich mich aus und sah ihm dabei zu, wie er mir zusah. Mein Blick verließ seinen dabei nicht eine Sekunde. Während ich Schicht um Schicht meine Kleidung ablegte, spannte sich sein Unterkiefer sichtbar an. Der Mann wollte mich hier und jetzt. Natürlich wollte er. Ich war 19, Jungfrau, und zog mich in seinem Wohnzimmer aus. Als ich auch mein Höschen ausgezogen hatte und komplett nackt vor ihm stand, lächelte er und nickte.

„Du bist wunderschön", sagte er und schaute mir dabei in die Augen. Ich hatte keinen Zweifel daran, dass er es aufrichtig meinte und es fühlte sich lustig an, die Worte aus seinem Mund zu hören. Zum ersten Mal betrachtete ich seinen Mund genauer. Volle Lippen, die oft zu einer schmalen Linie zusammengepresst waren. Ich stand nackt vor einem Mann, der mich noch nicht einmal geküsst hatte. Ich fragte mich ein wenig nervös, wann das passieren würde.

Überhaupt waren meine Gefühle ein wenig in Aufruhr.

Er machte ein paar Schritte auf mich zu, nahe genug, um mich zu berühren, aber das tat er nicht. Ich spürte seinen Atem auf meiner Wange. Seine Nähe zog mich an, ich wollte berührt und genommen werden. Meine Nippel verhärteten sich und streckten sich ihm entgegen. Er bemerkte es ebenfalls und ich konnte ihn geräuschvoll ausatmen hören.

„Ich werde es dir jeden Tag sagen", hauchte er mir ins Ohr, ohne mich zu berühren. „Ich möchte, dass du weißt, wie wundervoll du bist. Du bist absolut umwerfend, Taylor. Und für die nächsten zwei Monate gehörst du mir."

Als Erstes kam die Augenbinde. Er knotete mir das seidene Stück Stoff am Hinterkopf zu und meine Welt wurde dunkel.

„Das ist der erste Schritt. Deine Sinne werden beschränkt. Für einen Tag oder zwei. Das hängt von deinem Verhalten ab. Du wirst dich bei allem auf mich verlassen. Aber anfangs werde ich dich nur selten berühren."

Dann führte er mich ins Bad, damit ich mich erleichtern konnte. Anschließend brachte er mich ins Schlafzimmer und band mich am Bett fest.

„Ich möchte, dass du bequem liegst, denn du wirst eine Weile hier liegen." Damit ließ er mich allein. Ich wartete darauf, dass er zurückkehrte. Wie viel Zeit verging, wusste ich nicht. Dann war er wieder da. Er brachte Essen mit und fütterte mich. Anfangs fand ich das seltsam, aber irgendwie auch aufregend. Ich war schon froh, dass er hier bei mir im Zimmer war, damit ich nicht so allein war. Ich war nackt, wie auf dem Präsentierteller, aber da ich nichts sehen konnte, wusste ich nicht, wie er auf mich reagierte. Vielleicht tat er das gar nicht. Das war eine sehr neue Erfahrung für mich, aber Jake machte so etwas vielleicht häufiger. Wir redeten nicht darüber.

Ich schwieg, solange er mir keine Frage stellte.

„Wem unterwirfst du dich, Taylor?"

„Dir."

„Und wer bin ich?"

„Jake."

„Das ist okay für den Anfang. Wir überlegen uns später etwas anderes." Ich hatte den Eindruck, in seiner Stimme lag ein Lächeln.

Ich spürte etwas wie eine Feder auf meiner Haut, die von meinen Füßen zu meinen Oberschenkeln strich, von meinen Fingerspitzen zu den Schultern. Er malte Kreise damit um meine Brüste herum, vermied aber die Brustwarzen. Er strich über meinen Venushügel, aber nicht tiefer. Ich war feucht. Die kühle Luft zwischen meinen nassen Schenkeln ließ mich erschauern.

„Ich weiß, was du möchtest", sagte er. „Aber das muss noch warten."

NOCH IMMER MIT DER AUGENBINDE, brachte er mich einige Zeit später wieder ins Bad. Er ließ mir Badewasser ein und half mir in die Wanne, aber nur mit minimaler Hilfestellung.

„Ich bin hier und sehe dir beim Baden zu", sagte er und reichte mir Seife und Schwamm. Denk gar nicht erst daran, dich selbst zu berühren. Du wirst dich waschen und sonst nichts."

Ich tat, was er mir aufgetragen hatte. Anschließend half er mir aus der Wanne und erlaubte mir, mich abzutrocknen, dann führte er mich zurück zum Bett. Er fesselte mich wieder an das Bett und setzte sich neben mich. Dann sprach er mit leiser, rauer Stimme.

„Was denkst du, wie lange du noch Jungfrau bleiben wirst, Taylor?"

„So lange, wie du es möchtest", antwortete ich. Ich hatte das Gefühl, langsam zu verstehen, was gefragt war. Blind und ohne jeglichen Körperkontakt, das war nicht einfach für mich, aber ich wusste ja, was er vorhatte. Er wollte mich dazu bringen, ihn unbedingt zu wollen. Ich fragte mich, ob er wusste, wie wenig dazu erforderlich war. Ich wollte ihn ohnehin, aber er würde es solange durchziehen, bis ich bettelte. Wenn ich bei allem auf ihn angewiesen war, würde ich mich ihm schon bei der kleinsten Berührung komplett hingeben. Nun, er konnte ja nicht wissen, dass ich ihm niemals ganz gehören würde. Das hier mochte Spaß machen, aber niemand würde mich jemals besitzen.

„Vielleicht morgen. Vielleicht erst übermorgen. Weißt du, wie schwer es für mich ist, dir zu widerstehen?"

Ich stöhnte auf.

„Ja, ich weiß, was du möchtest." Er fuhr mit einem Finger der Länge nach über meine Seite und beugte sich nahe an mein Ohr, um zu flüstern.

„Warte."

9

Jake kniete neben mir auf dem Bett. Ich konnte ihn nicht sehen, aber ich konnte ihn spüren. Endlich fasste er mich an. Die Feder war seinen Fingern gewichen, sein Mund wanderte über jeden Zentimeter meines Körpers, außer dorthin, wo ich ihn so dringend spüren wollte.

Tagelang ging das so, bis er endlich eines Abends sagte, es wäre nun Zeit. Er würde die Augenbinde abnehmen und mich mit ins Bett nehmen. Es gab keine anderen Vorgaben, außer dass ich mich ihm komplett unterwarf. Als meine Augen sich wieder an das Licht gewöhnten, war ich ein wenig entsetzt, dass ich nichts anderes wollte, als ins Bett zu krabbeln und meine Haut an seiner zu spüren.

„Es wird ein bisschen grob zugehen", erklärte er und zog mich an sich. „Ich werde Dinge verlangen und du wirst sie mir geben, weil du dich mir unterwirfst und sie mir geben möchtest. Und du bekommst viel dafür zurück."

Ich schmiegte mich an ihn, genoss die Wärme seines Körpers. Die Tage, die ich ans Bett gefesselt hatte, waren eine süße Qual gewesen. Ich wusste, ich durfte mich noch immer nicht selbst anfassen. Der Gedanke, mich selbst zum Orgasmus zu bringen, machte mich wahnsinnig. So sehr ich das auch wollte, ich wusste doch, ich würde es nicht wagen. Nur er allein durfte das tun, solange ich hier war. Es sei denn, er befahl es mir ausdrücklich.

Er hielt mich fest an seine breite Brust gepresst. Er war sehr fit, wie ein Sportler, ich spürte seine kräftigen Muskeln unter der Haut.

„Aber dein erstes Mal, soll nicht grob sein. Keine Peitschen, keine Fesseln. Nur ich und du. Ich fühle mich geehrt, dass ich der Erste sein werde. Ich weiß, dass es etwas Besonderes ist, das zu tun, während du dich mir unterworfen hast. Sag mir, wie du es gern machen möchtest."

Meine Gedanken rasten. Ich konnte nicht fassen, dass er mich fragte oder dass ich in diesem Fall Mitspracherecht hatte. Ich hatte zwar auch nicht erwartet, dass er mich einfach eines Tages nehmen würde, aber dass ich Wahlmöglichkeiten bekäme, war auch unerwartet.

„Ich wollte von dir gefickt werden seit ich dich das erste Mal sah. Du musst nicht sanft sein. Ich möchte, dass es so ist, wie du mich nehmen willst. Ich möchte, dass es gut wird. Ich will einen Orgasmus nach dem anderen haben, du musst nicht aufhören, selbst wenn ich es sage. Ich vertraue dir."

Er lächelte. Selbst im Dämmerlicht des Schlafzimmers konnte ich es erkennen.

„Küss mich", befahl er.

Ich lehnte mich nach vorn und presste meine Lippen auf seine. Er vertiefte den Kuss und schlang seine Arme um mich, zog mich unter sich. Als er auf mir lag, schlang ich meine Beine um seinen Körper und hielt ihn so fest. Ich spürte seinen harten Schaft an meinem Oberschenkel, aber er war noch nicht so weit. Er rutschte an mir herab, küsste meine Brüste und saugte abwechselnd die Nippel in seinen Mund, bis sie sich hart aufgerichtet hatten, dann wanderte er über meinen Bauch weiter hinunter und küsste meinen Venushügel.

„Du bist hinreißend", sagte er und spreizte meine Schamlippen mit den Fingern, um mit der Zunge sanft über die Haut lecken zu können. Er hielt sich nicht lange mit solchen Neckereien auf, sondern saugte meine Klitoris zwischen seine Lippen und nuckelte daran wie an meinen Titten. Ich bäumte mein Becken auf, drückte es an sein Gesicht, als er zwei Finger in mich steckte und sie nach oben bog, um die richtige Stelle zu erwischen. Ich schrie auf und er leckte über meine Klitoris. Wellen der Lust überkamen mich, ich klammerte mich an ihn und wünschte, das würde niemals enden.

Jake machte eine kleine Pause, damit ich mich erholen konnte, dann fing er wieder an. Nachdem er mir zwei weitere Höhepunkte beschert hatte, fragte er mich, ob ich bereit sei. Ich nickte. Ohne weitere Vorrede spürte ich, wie sein Schwanz langsam in mich eindrang, als wäre meine Vagina wie für ihn gemacht.

Er stieß tief hinein, mit jedem Stoß noch fester. Das Gefühl, ihn in mir zu spüren, von ihm ausgefüllt zu werden, war reine Lust, ich wollte ihn so festhalten und nie mehr loslassen. Mir war bewusst, dass ich das hier genießen musste, denn ich wusste nicht, wann ich es wieder so bekommen würde. Ich hatte keine Ahnung, was er mit mir vorhatte, aber ich nahm an, dass die nächsten Wochen nur selten kink-freien Sex mit sich bringen würden.

„Fick mich. Hör nicht auf, Jake." Er erhöhte das Tempo. Ich spürte, dass er kurz vor seinem Orgasmus war und schlang meine Beine fester um ihn, um ihn zu drängen. Er grunzte laut, dann kam er und sackte auf mir zusammen, atemlos von der Anstrengung.

„Gott, war das gut", sagte er, sobald er wieder bei Atem war. Er hielt mich fest und küsste mein Gesicht, sagte mir, wie schön ich war und wie wundervoll das war. Ich hatte keine Ahnung gehabt, dass Jake Mesa eine solche Seite an sich hatte. Es war süß und einfühlsam, ich würde sogar sagen, liebenswert.

Als er langsam einnickte, seine Arme noch immer fest um mich geschlungen, da murmelte er: „Ich wünschte, es könnte immer so sein."

Ich hatte keine Ahnung, was er meinte. Nun, ich dachte, ich wüsste es, aber ich wagte nicht zu glauben, dass Jake Mesa Gefühle für mich entwickelte.

AM NÄCHSTEN TAG waren wir wieder zurück beim Sinnesentzug. Ich nahm an, Jake dachte, er hätte mich mit dem Sex ein wenig zu sehr verwöhnt, daher gab es ein paar Tage lang wieder gar nichts. Dann wurde die Sache ernster. Er lotete meine Grenzen aus. Es war grausam und köstlich zugleich. Stundenlang testete er, wo meine Grenzen waren, schob sie immer weiter. Ich konnte an nichts anderes denken, als daran, einen Orgasmus zu bekommen, ich verzehrte mich danach. Aber jedes Mal erinnerte er mich daran, wer das zu entscheiden hatte.

„Wann darfst du kommen?"

„Wenn du mich lässt."

Es war quälend, aber auf eine Art, die mich nur noch mehr nach ihm verlangen ließ. Ich verstand nicht, was mit mir passierte. Vielleicht war ich doch tief in mir sehr unterwürfig. Ich hatte keinerlei Kontrolle über die Situation, aber ich war doch ich selbst. So sehr man das eben sein konnte, wenn man ans Bett gefesselt war.

• • •

Als Nächstes führte er mich ins Auspeitschen ein. Er zeigte mir alle Geräte, die er hatte, alle Peitschen und Gerten. Er hatte eine ziemlich große Sammlung in seinem Haus, mehr als ich seinem Büro gesehen hatte.

Er massierte meinen Hintern sanft, bevor er die erste Peitsche ausprobierte. Es war ein sanftes Klatschen, aber nach und nach steigerte er die Heftigkeit. Ich erwartete die Hiebe und lernte, dass das Teil des Spiels war. Es war nicht das Erregendste, was ich je erlebt hatte, aber ich konnte verstehen, dass manche Vergnügen daran finden konnten. Wie dem auch sei, ich wurde nass und war bereit für ihn. Und das wusste er. Er tauchte erst seine Zunge in mich, dann beugte er mich weiter nach vorn und drang in mich ein, vögelte mich von hinten.

Diese Stellung war neu für mich und ich genoss sie sehr. Mit jedem Stoß schrie ich auf, sein Schwanz drang tief in mich, berührte Stellen in mir, die mich schreien ließen. Er hielt sich nicht zurück beim Ficken, nicht wie beim ersten Mal. Ich sagte ihm, dass ich es härter wollte und das gab er mir. Er hielt mich an den Hüften fest und rammte so schnell in mich, dass ich mich an der Bank festklammern musste, damit wir beide nicht zur Seite umkippten.

Er kam in mir drin, hielt mich fest an sich gepresst und fingerte meine Brüste und meine Klitoris.

Mir kam langsam der Gedanke, dass ich mich an all das gewöhnen könnte.

AM NÄCHSTEN TAG änderte sich etwas. Er meinte, die Dinge würden ein wenig anders laufen, er würde mich anbinden, knebeln und für eine Weile allein lassen. Der Gedanke ängstigte mich, ich war mir nicht sicher, ob ich das mögen würde.

Er fesselte mich sehr gewissenhaft, wie man Vieh an allen vier Extremitäten zusammenbindet. Daran war nichts Erotisches und ich konnte nur daran denken, wie gern ich mich befreien würde.

Ich hätte das auch gesagt, aber ich war bereits geknebelt.

Ich bemühte mich um einen ruhigen Atem und konzentrierte mich auf meine Gefühle. Ich hasste es nicht, es war einfach etwas Neues. Jake probierte Dinge aus, um zu sehen, wie ich reagierte und wie es ihm gefiel. Es ging ihm nicht nur darum, mich in die Unterwerfung zu zwingen, sondern er wollte auch herausfinden, was genau mich anmachte. Als könnte er nicht glauben, dass Blümchensex, bei dem er einfach sein Ding in mich steckte, mich rasend machen konnte. Aber ich war offen für Neues und lernte zu schätzen, was er in seinen Spielchen sah.

DREI WOCHEN später bekam ich ein Halsband um.

„Nun gehörst du mir. Verstehst du, was das bedeutet?"

„Es bedeutet, dass ich mich dir vollständig unterwerfe. Ich vertraue darauf, dass du dich um mich kümmerst und mir Lust bereitest."

„Und solange du das Halsband trägst, bin ich der Einzige, der dich anfassen darf, es sei denn, wir einigen uns auf eine andere Regel. Ich bin der Einzige, der dich zum Höhepunkt bringen darf. Du darfst es nicht selber tun, bis ich es dir erlaube, verstehst du das?"

„Ja." Ich nickte, als er mir das Halsband umschnallte. Es war ein bisschen zu viel für mich. Ich war noch immer nicht überzeugt von der ganzen Sache. Ein Halsband zu tragen, fand ich nicht sonderlich reizvoll, aber ich mochte fast alles, was er mit mir machte. Ich war mir nicht sicher, ob ich wirklich unterwürfig sein konnte. Ich spielte eine Rolle und Jake schien es Spaß zu machen.

Mein Wunsch, selber die Kontrolle über alles zu haben, verschwand immer mehr in weiter Ferne. Ich beobachtete ihn und sah, was ihm gefiel. Ich war vielleicht nicht so extrem wie er, aber mir wurde bewusst, dass ich selber sehr dominant war. Ich nahm nicht an, dass ich je so sehr in dieser Rolle aufgehen könnte wie Jake, aber vielleicht eines Tages, mit einer anderen Person.

Die Wochen vergingen danach ein wenig schneller. Vielleicht lag es daran, dass wir eine Art Routine entwickelt hatten oder einfach, weil wir uns aneinander gewöhnt hatten. Wie dem auch sei, ich lernte immer noch mehr über meine Unterwerfung und einiges davon gefiel mir. Es öffnete mich für Jake auf eine Art, wie ich es nicht erwartet hatte. Es gestattete mir, ihm in allem zu vertrauen. Darin lag eine Freiheit und eine Sicherheit, die mir gestattete, mich gehen zu lassen und mich ihm vollkommen hinzugeben. Es hatte etwas Beruhigendes, nicht mehr die Verantwortung für irgendetwas zu haben. Für jemanden wie mich war die Erfahrung mit Jake ein echter Augenöffner. Ich hatte immer um meine Unabhängigkeit gekämpft, mich immer selbst um alles gekümmert und mir stets alles selbst besorgt, was ich brauchte.

Aber nach all der Zeit wusste ich immer noch nicht so recht, was er davon hatte.

„Er hat deine Jungfräulichkeit bekommen", sagte ich am letzten Morgen zu meinem Spiegelbild.

An diesem Morgen hatten wir ein letztes Mal Sex. Dieses Mal war es anders. Ich hatte die Kontrolle. Er kämpfte nicht darum und schien zu genießen, dass ich ihn nach all der Unterwerfung immer noch wollte, und ihn mir nahm, als ich die Gelegenheit dazu bekam.

Ich leckte seinen Schwanz der Länge nach, spielte mit meiner Zunge daran, dann rutschte ich über ihn, bis er in mich eindringen konnte. Das Gefühl, ihn in diesem Winkel in mir zu spüren, war einmalig. Ich rutschte vor und zurück, legte seine Hand auf meine Klitoris und ließ ihn mich reiben, während ich ihn langsam fickte und ihm dabei die ganze Zeit in die Augen sah.

Ich verstand nicht, was ich darin erkannte. Ich hatte den Anblick der grün glänzenden Augen jeden Tag mehr genossen. Sie waren ein scharfer Kontrast zu seiner Haut und dem schwarzen Haar, das er nach wie vor zu einem kurzen Pferdeschwanz zusammenband.

Ich ritt ihn härter, bis ich spürte, wie er sich unter mir wand. Er drückte gegen meine Klitoris und brachte mich zum Höhepunkt, so dass wir gleichzeitig kamen. Meine Pussy melkte noch den letzten Tropfen aus ihm heraus.

„Das wird mir fehlen", sagte er, als ich auf seiner Brust zusammensackte und einfach dort liegenblieb. Ich konnte mir nicht vorstellen, wo ich lieber wäre, aber ich wagte es nicht zu sagen. Jake hatte nichts gesagt, was darauf hingedeutet hätte, dass er etwas für mich empfand. Ich wollte nicht die Erste sein, die etwas so Wichtiges aussprach.

Ich ging hinunter, vollständig bekleidet, nachdem ich geduscht und meine Sachen gepackt hatte. Allein das war schon seltsam. Ich hatte fast die gesamte Zeit in diesem Haus nackt verbracht. Es war beinahe unbequem, Kleidung zu tragen, aber es war immerhin weniger kühl.

Jake war unten in der Küche und machte Frühstück. Wir aßen schweigend. Ich wusste nicht, was ich hätte sagen sollen. Seit ich hergekommen war, hatte sich viel verändert, aber ich war noch immer unsicher, was ich von all dem halten sollte. Ich brauchte Zeit zum Nachdenken und musste erst einmal von diesem Hochgefühl runterkommen.

Jake trug meine Taschen ins Wohnzimmer und stand da, während wir auf meinen Fahrer warteten.

„Ich hoffe, du hattest eine angenehme Zeit hier", sagte er.

„Hatte ich, danke."

Er wirkte beinahe nervös, was ich bei Jake Mesa noch nie gesehen hatte.

„Ich wünschte, wir hätten mehr Zeit für andere Dinge gehabt. Ich wollte dich mit nach Las Vegas nehmen und dir dort den Club zeigen. Es ist dir vielleicht nicht aufgefallen, aber ich bin ein echter

Party-Typ." Er zwinkerte mir zu und lächelte.

„Habe ich bemerkt."

„Ich wollte dir noch viele andere Dinge zeigen, aber ich dachte, du hast am meisten von dieser Erfahrung, wenn wir an einem Ort bleiben und du lernst, wie dieses Leben funktioniert."

Es war schwer, darauf etwas zu erwidern. Danke, dass du mir meine Jungfräulichkeit genommen hast? Ich hoffe, ich habe dich nicht enttäuscht? Ich wusste, dass ich ihn nicht enttäuscht hatte, aber ich war mir nicht sicher, was ich in diesen zwei Monaten erreicht hatte. Falls ich überhaupt irgendetwas erreicht hatte.

„Hättest du Interesse daran, dass wir und mal wieder treffen? Vielleicht auf einen Kaffee oder so?", fragte er.

„Auf einen Kaffee?"

„Oder was auch immer du möchtest."

Ich war verblüfft. Ich hatte zwei Monate nackt mit diesem Mann verbracht und nun fragte er mich, ob ich mal einen Kaffee mit ihm trinken würde, als wären wir flüchtige Bekannte, die sich zufällig auf der Straße begegneten.

Ich zuckte die Schultern. „Warum nicht, falls du in der Gegend bist."

„Wo ist denn deine Gegend?"

Ich holte eine Visitenkarte der Werkstatt aus meiner Handtasche und reichte sie ihm.

„Da bin ich öfter als in meiner Wohnung. Oder wir laufen uns über den Weg, wenn ich Samantha von der Arbeit abhole."

Er nickte. „Ja, vielleicht."

Ich seufzte und schüttelte den Kopf. Das war eines der seltsamsten Gespräche, die ich je hatte.

„Danke noch einmal für das, was du für meinen Vater getan hast. Ich kann kaum in Worte fassen, wie viel es mir bedeutet, dass du deine Hilfe angeboten hast. Ohne dich und das Geld wäre das nicht gut für ihn ausgegangen. Deine Großzügigkeit weiß ich wirklich sehr zu schätzen."

Jake nahm meine Hand, was mich

ziemlich überraschte, dann zog er mich an sich. Das war wiederum okay. Eigentlich war dies das Normalste an diesem ganzen Gespräch.

„Ich möchte, dass du weißt, dass du immer zu mir kommen kannst, wenn du etwas brauchst. Ich bin immer zur Stelle, egal, worum es geht. Groß, klein, keine Ahnung, vielleicht brauchst du mal jemanden für eine Nacht, ich bin nur einen Anruf entfernt."

Ich lachte. Er schaffte es immer irgendwie, dass ich mich entspannte. „Danke, Jake. Dasselbe gilt auch für dich, wobei ..." Ich dachte an all die Mädchen im Club, all die tollen Frauen, die er treffen konnte. Warum sollte er dann ausgerechnet mich für eine Nacht anfordern wollen? „Vergiss es."

Ich blickte aus dem Fenster und sah den Wagen vor dem Haus halten. Der Fahrer stieg aus und nahm mein Gepäck entgegen. Ich stellte mich auf die Zehenspitzen, um Jake einen Kuss auf die Wange zu drücken, aber er drehte seinen Kopf ein wenig und presste seinen Mund auf meinen.

„War nett, dich kennengelernt zu haben, Jake." Ich schlüpfte aus seiner Umarmung und war aus der Tür, ohne einen Blick zurück.

10

Der erste Tag zurück in meiner Wohnung fühlte sich einsam an. Samantha arbeitete und ich war allein. Zwar hätte ich zur Arbeit in die Werkstatt gehen können, aber mir war nicht danach. Dad hatte alles im Griff und er hatte außerdem Rodrigo wieder eingestellt. Sie würden noch einen weiteren Tag ohne mich auskommen.

Ich ging in mein Zimmer und packte meine Sachen aus. Ein paar Dinge waren neu. Jake hatte mir das Halsband mitgegeben, allerdings wusste ich nicht, was ich damit hätte anfangen sollen. Das war etwas, das nur uns beide betraf. Ich konnte mir nicht vorstellen, eine Beziehung mit einem anderen Mann einzugehen, der von mir verlangte, dass ich ein Halsband trug.

Ich musste meine Gedanken bremsen. Eine Beziehung? Was dachte ich denn da? Was ich mit Jake Mesa hatte, war definitiv keine Beziehung gewesen. Es war eine Abmachung, die zwei Erwachsene mit Bedacht getroffen hatten. Wir waren nicht zusammen und würden es auch nie sein. Falls Jake vorhatte, mir irgendwelche Gefühle zu offenbaren, war die Gelegenheit dafür verstrichen.

Egal wie viel Zeit wir miteinander verbracht hatten, das war offenbar nicht sein Ding. Wie konnte ein Mann in seinem Alter noch nicht bereit sein für eine Beziehung? Ich wusste es nicht. Aber wieso dachte ich überhaupt darüber nach? Das war doch nichts, was ich mit ihm wollte, oder?

„Taylor Dawson, du musst dir über deine eigenen Gefühle klar werden, bevor du dir Gedanken über die Gefühle anderer Leute machst", sagte ich laut und betrachtete mich im Badezimmerspiegel. Ich sah genauso aus wie vor meiner Zeit bei Jake, aber ich fühlte mich definitiv anders. Was war dort nur mit mir geschehen? Ich fühlte mich offener, freier, tatsächlich wie erlöst. Aber gleichzeitig war ich verletzlich, als wartete ich nur darauf, dass irgendetwas Furchtbares passieren würde. Es war ein neues Gefühl für mich und ich musste erst mit mir selbst wieder ins Reine zu kommen, wie ich es war, bevor ich mit Jake diesen Deal gemacht hatte.

Vielleicht sollte ich den Stier bei den Hörnern packen und rausgehen. Zurück zur Arbeit wäre eine Möglichkeit, aber mein Wagen stand bei der Werkstatt, ich hätte die drei Meilen also gehen müssen. Die Bewegung würde mir sicher nicht schaden. Mein Körper hatte sich daran gewöhnt, eine Menge Kalorien zu verbrennen und das sollte ich wohl beibehalten.

Der Spaziergang war angenehm, ich bemühte mich, die Schönheit der Umgebung wahrzunehmen. Die Straße war gesäumt mit Bäumen und alten Häusern. Dad hatte einen guten Standort für sein Geschäft gewählt und ich hoffte, in Zukunft den Laden am Laufen halten zu können.

Als ich an der Werkstatt ankam, sah ich zu meinem Erstaunen Jakes Wagen vor der Tür stehen und er selbst lehnte lässig am Eingang und starrte ins Nichts.

„Was tust du hier?", rief ich, was ihn ein wenig erschreckte. Er drehte sich um und lächelte.

„Es war ein wenig einsam bei mir zu Hause", sagte er achselzuckend.

Ich nickte. „Ja, ging mir auch so. Samantha arbeitet und ich wollte mir den Tag eigentlich freinehmen, aber ich dachte mir, ich könnte auch gleich wieder einsteigen." Ich musterte ihn skeptisch. „Aber warte mal, du bist wirklich hier, weil du dich einsam gefühlt hast?"

„Nun, ich fühlte mich einsam, aber das ist nicht der Grund, warum ich hier bin."

Ein Regentropfen klatschte mir auf

die Nasenspitze und ich blickte hinauf zum Himmel. Da zog Regen auf und wir würden mittendrin stehen.

„Ich wollte dir eigentlich etwas geben, bevor du weggefahren bist. Streng genommen wusste ich nicht, wann der richtige Zeitpunkt dafür sein würde, aber ich möchte, dass du es bekommst. Es gehört dir, ich meine es ganz aufrichtig."

Er gab mir einen Umschlag. Ich öffnete ihn und fand darin einen Scheck.

„Das kann nicht sein." Ich zog den Scheck heraus. Der Regen setzte ein und wurde schnell heftiger.

„Doch kann es. Ich bin mir ganz sicher. Ich möchte, dass du das Geld nimmst und damit etwas tust, das dich glücklich macht."

„Warte, wofür ist das denn?" Ich war mir nicht sicher, was ich hier in der Hand hatte. Mein Hirn konnte wahrnehmen, dass es sich um einen Scheck über 100.000 Dollar handelte, aber ich verstand nicht, warum es überhaupt einen zweiten Scheck gab. Er hatte doch bereits die Schulden meines Vaters beglichen und ich hatte meinen Teil der Abmachung auch erfüllt. Ich hatte zwei Monate meines Lebens mit diesem Mann verbracht. Ich war mir noch immer nicht sicher, was er aus dieser Sache gewonnen hatte, außer den Spaß, mich zu unterwerfen und daraus seine Lust zu gewinnen.

„Es ist für dich. Ich habe vorher nichts gesagt, denn ich wollte nicht, dass du dich vielleicht verpflichtet gefühlt hättest, länger zu bleiben, oder dass du dachtest, ich wollte deine Zuneigung kaufen. Aber ich hatte die ganze Zeit vor, dir das Geld zu geben. Hör zu, ich habe nichts gesagt, weil ich wusste, dass dies ein heikles Thema für dich ist, angesichts der Dinge, die du und dein Vater hinter euch habt. Aber ich komme aus einer wohlhabenden Familie. Ich konnte mir immer schon kaufen, was ich wollte. Ich habe mehr Geld, als ich je ausgeben könnte. Selbst wenn ich jeden Tag etwas spenden würde, hätte ich noch zu viel. Ich behaupte nicht, dass es mir nichts bedeutet, aber es ist mir wichtig, dass du es bekommst. Denn ich möchte, dass du dir Dinge kaufen kannst, die du magst und brauchst. Ich möchte, dass du das Leben bekommst, das du verdienst, es dir aber vielleicht noch nicht leisten kannst."

Ich schüttelte den Kopf. „Ich weiß wirklich nicht, was ich von dir halten soll, Jake. Das ist viel zu großzügig. Ich meine, ist das für die Zeit, die ich mit dir verbracht habe?"

Jake schüttelte den Kopf, Regentropfen flogen in alle Richtungen aus seinem schwarzen Haar. „Es geht nicht darum, dass du es dir verdient hättest, Tay. Aber du verdienst es grundsätzlich. Ich möchte, dass du damit etwas Tolles machst. Was auch immer, geh aufs College, erweitere das Geschäft. Was auch immer du dir erträumst, ich möchte, dass du es bekommst. Du bist so klug und stark und ziemlich gerissen, muss ich sagen. Ich weiß, dass dir diese ganze Unterwürfigkeit nicht viel gegeben hat, aber du hast es dennoch gemacht. Du hast deine Bedenken und Gefühle beiseitegeschoben und hast dich meiner Führung ausgeliefert. Das finde ich absolut scharf an dir, Tay."

Ich schluckte schwer. Wir standen im Regen, wie zwei romantische Vollidioten, aber es war doch nicht wie im Kino. Er stand vor mir und versuchte mir zu sagen, was er fühlte. Und ich wusste noch immer nicht, was ich fühlte, oder? Als er mich gehen ließ, fast ohne ein Wort des Abschieds, hatte sich das angefühlt, als würde es mir das Herz brechen. Aber wieso?

„Tay, ich kann dir nicht sagen, was du fühlen sollst, aber ich glaube, du kennst dein Herz weitaus weniger, als du denkst. Ich weiß nicht, was das Beste für dich ist. Aber ich kann dir sagen, dass du das Beste für mich bist."

„Ich?", rief ich über den Lärm des prasselnden Regens hinweg. Dann packte ich Jake und zog ihn in die Werkstatt. „Wir sind sowieso schon klatschnass, aber hier drin ist es doch etwas angenehmer."

„Ich will dich", sagte Jake. „Das ist mir in den zwei Monaten klar geworden. Ich möchte jemanden, der willens ist, Risiken einzugehen, jemand, der mir bei meinen Entscheidungen vertraut. Das war mir bisher nicht bewusst, Tay. Nicht, bis du kamst. Mit dir habe ich viel über mich gelernt. Du hast mir gezeigt, was ich möchte, als ich selbst keine Ahnung hatte."

„Aber du hast dieses verrückte Leben in deinem Nachtclub. Ich weiß wirklich nicht, ob ich da reinpasse. Wie sicher bist du dir denn, dass du das aufgeben könntest? Ich möchte nicht mittendrin stecken und dann fällt dir auf, dass du deine Meinung doch lieber ändern willst. Ich bin jung und habe mein Leben noch vor mir und ich möchte mich nicht an etwas binden, das mit einem Blinzeln wieder verschwindet."

Jake zog mich an sich. „Hör zu, all das hier könnte in einem einzigen Augenblick verschwinden. Das weißt du ebenso gut wie ich. Denk nur allein daran, was mit deinem Dad war. Das hätte böse ins Auge gehen können, ist es aber nicht. Ich möchte mein Leben nicht damit zubringen, auf den nächsten Kick zu warten. Ich habe lange nach der richtigen Person gesucht, bei der ich sesshaft werden könnte, ohne sesshaft zu werden. Ich möchte jemanden, der mit mir zusammen auf die Reise geht. Jemanden mit großen Träumen. Ich möchte mit einer Frau zusammen sein, die weiß, dass sie ihr eigenes Schicksal in der Hand hat."

Ich lachte über meine Freudentränen hinweg. So etwas war mir noch nie passiert. „Ich heule, Jake. Ich heule, weil ich glücklich bin. Was bedeutet das alles nur?"

„Ich weiß es nicht. Ist das neu für dich?"

Ich nickte und schlang meine Arme um ihn. „Ich wusste nicht, was ich denken sollte, als ich von dir wegfuhr heute Morgen. Ich dachte, du wolltest mich nicht oder unsere gemeinsame Zeit hätte dir nichts bedeutet oder …"

Er lehnte sich zurück, um mir in die

Augen zu sehen. Seine Augen strahlten in diesem Grün, das ich lieben gelernt hatte. Diese grünen Augen hatten mich jeden Morgen begrüßt, wenn ich ohne Augenbinde erwachte.

„Unsere gemeinsame Zeit hat mir sehr viel bedeutet. Ich möchte nicht, dass sie endet. Ich erwarte keine Versprechungen, aber ich möchte gemeinsam mit dir durchs Leben gehen. Könntest du dir das vorstellen?"

Ich nickte zustimmend. „Eine Sache wäre da noch."

„Was denn?"

„Ich liebe dich, Jake Mesa", sagte ich und küsste ihn.

Sechs Monate später erweiterten wir die Werkstatt. Es gab ein neues Firmenschild, einen neuen Anstrich und genug Arbeit, um weitere sechs Leute einzustellen. Mein Dad war begeistert und hatte sich von dem Trauma ein halbes Jahr zuvor so gut erholt, als wäre es nie passiert. Er hatte aus seinen Fehlern gelernt, wie wir alle, und waren gestärkt daraus hervorgegangen.

Jake hatte noch immer seinen Club V, daran würde sich auch nichts ändern. Ich fuhr immer noch gelegentlich hin, allerdings nicht, um Samantha abzuholen, sondern damit man mich als Verlobte eines der Besitzer dort sah. Ich hatte einige Privilegien und verstand, warum Jake das Leben dort so genoss. Ich hatte das nicht erwartet, aber lernte auch, es zu lieben.

„Was denkst du darüber?", fragte Jake, umarmte mich von hinten und zog mich fest an sich.

Ich blickte an der Fassade der Werkstatt hinauf und betrachtete die Veränderungen um mich herum. „Weißt du, ich denke, ich gewöhne mich daran, nicht alles unter Kontrolle haben zu müssen."

„Das ist mal sicher." Er zog mich gegen sein Becken und rieb sich an mir. Ich spürte, wie sein Schwanz sich versteifte und mein Verlangen wuchs sofort. Ich bekam nie genug von ihm und es machte mich glücklich, dass es ihm ebenso erging.

„Weißt du", sagte ich, als er anfing an, meinen Nacken zu küssen, was mich zum Kichern brachte. „So sehr ich es auch genießen würde, wenn du mich hier vor den ganzen Angestellten so richtig durchvögelst, hätte ich eigentlich einen anderen Ort im Sinn."

Er zog den Kopf zurück und schaute mich an. „Ach ja? Zeig ihn mir."

Ich lächelte, nahm seine Hand und führte ihn in die Wohnung über der Werkstatt.

„Ich weiß, wir haben nicht viel Rollenspiel gemacht, aber ich glaube, irgendwo im Schrank hängt noch meine alte Schuluniform. Was hältst du davon, wenn ich die anziehe und wir es in meinem alten Zimmer miteinander treiben?"

Lust blitzte in seinen Augen auf, er hob mich auf seine Arme und trug mich über die Schwelle meines Schlafzimmers. Mit dem Fuß schloss er die Tür hinter uns.

„Wir können die Uniform später aus dem Schrank holen", sagte er und warf mich auf das Bett. „Jetzt müssen wir dringendere Dinge erledigen."

Zehn Minuten später lagen wir auf meinem Bett, schwitzend und befriedigt, für den Moment zumindest.

„Bist du froh, dass du damals zufällig in mein Büro gestolpert bist?"

Ich nickte und grinste müde. „Und das, obwohl ich zusehen musste, wie du eine andere Frau gevögelt hast. Nun, vielleicht gerade deswegen. Ich wollte wissen, auf was ich mich da einlasse."

Jake knurrte leise. „Ich werde es dir zeigen."

* * *

Lies jetzt Entdeckt!

Als Journalistin Penny die Gelegenheit erhält, die Jungfrauenversteigerungen im Club V zu untersuchen, ergreift sie diese beim Schopf. Vor allem, als sie herausfindet, dass der Mann, den sie interviewen wird, Pete Wilson ist. Der Junge, der sie auf der Universität verführt und der Lächerlichkeit preisgegeben hat. Jetzt sind sie beide erwachsen und diesmal ist er ihr Opfer. Penny will Rache. Kann sie für das Magazin Expose die zwielichtigen Vorgänge im Club V enthüllen? Oder wird sie stattdessen ihre Körper und Herzen enthüllen?

Wenn du gerne über Alpha-Milliardäre, freche Frauen und sexy Clubmomente liest, dann lies weiter…

Lies jetzt Entdeckt!

BÜCHER VON JESSA JAMES

Bad Boy Billionaires

Lippenbekenntnis

Rock Me

Holzfäller

Das Geburtstagsgeschenk

Billionaire Bad Boys Bücherset

Der Jungfrauenpakt

Der Lehrer und die Jungfrau

Seine jungfräuliche Nanny

Seine verruchte Jungfrau

CLUB V

Entfesselt

Entjungfert

Entdeckt

Zusätzliche Bücher

Fleh' mich an
Die falsche Verlobte
Wie man einen Cowboy liebt
Wie man einen Cowboy hält
Gelegen kommen
Küss mich noch mal
Liebe mich nicht
Hasse mich nicht

ALSO BY JESSA JAMES
(ENGLISH)

Bad Boy Billionaires

Lip Service

Rock Me

Lumber jacked

Baby Daddy

Billionaire Box Set 1-4

The Virgin Pact

The Teacher and the Virgin

His Virgin Nanny

His Dirty Virgin

Club V

Unravel

Undone

Uncover

Cowboy Romance

How To Love A Cowboy

How To Hold A Cowboy

Beg Me

Valentine Ever After

Covet/Crave

Kiss Me Again

Handy

Bad Behavior

Bad Reputation

ÜBER DIE AUTORIN

Jessa James ist an der Ostküste aufgewachsen, leidet aber an Fernweh. Sie hat in sechs verschiedenen Staaten gelebt, viele verschiedene Jobs gehabt und kommt immer wieder zurück zu ihrer ersten großen Liebe – dem Schreiben. Jessa arbeitet als Schriftstellerin in Vollzeit, isst zu viel dunkle Schokolade, ist süchtig nach Eiskaffee und Cheetos und bekommt nie genug von sexy Alphamännchen, die genau wissen, was sie wollen – und keine Angst haben, dies auch zu sagen. Instaluvs mit dominanten, Alphamännern liest (und schreibt) sie am liebsten.

ÜBER DIE AUTORIN

HIER für den Newsletter von Jessa anmelden: http://bit.ly/JessaJames

www.ingramcontent.com/pod-product-compliance
Lightning Source LLC
LaVergne TN
LVHW011826060526
838200LV00053B/3915